Manikhaïos

L'idéal existe-t-il ?

Manikhaïos

L'idéal existe-t-il ?

Elodie Fitoussi

Fantastique

© 2023 Elodie Fitoussi

Édition : BoD – Books on Demand, info@bod.fr
Impression : BoD – Books on Demand, In de Tarpen 42,
Norderstedt (Allemagne)

Impression à la demande

Illustration : Elodie FITOUSSI

Première impression Janvier 2023

ISBN : 978-2-3223-9583-5
Dépôt légal : Juillet 2023

Je remercie :

mon fils Charlie pour son aide précieuse dans le développement de cet univers,

Elodie LOISEL pour son aide professionnelle,

Christine BARNOIN pour son avis de lectrice et son illustration,

enfin les membres de ma famille qui m'ont aidé dans ce projet.

CHAPITRE 1

Sur la petite planète de Manikhaïos, la nuit tombe doucement sur la ville de Manikéa. Une jeune femme et un ange discutent dans un parc donnant sur la mer. L'air est frais d'un printemps qui s'attarde. Elle est vêtue d'une robe simple à longues manches d'un bleu pastel. Une brise légère soulève quelques mèches de sa chevelure. L'ange à ses côté est un bel homme. Ses yeux sont doux, mais on y voit de l'inquiétude. Une grande fatigue se dégage de sa personne.

« - Pourquoi sommes-nous où nous sommes ?

- Que veux-tu dire, Marine ?

- Pourquoi vivons-nous cette vie ? Je ne comprends pas les obligations que l'on nous impose.

- Parles-tu du Choix ? »

Marine garde le silence. Elle regarde son frère, les yeux remplis de tristesse. Un poids pèse sur les épaules de la jeunes femme. Marine a 20 ans. Elle ne sait plus où elle en est dans sa vie. Elle souffre d'une grande solitude et du décès de ses parents. En plus, comme tous les Humains de son âge, la Loi du Choix lui impose de décider d'être un ange ou un démon pour le reste de son existence. C'est une belle demoiselle aux longs cheveux couleur nuit, des yeux clairs, un visage souriant et bienveillant. Son grand frère Huranos, élu de l'Instance Céleste, veille tant bien que mal sur elle depuis le décès de leurs parents un an auparavant. Sa sœur est la petite dernière de la famille. Le deuil est une période difficile, et prendre des décisions aussi importantes, dans un tel moment, n'est pas l'idéal. Il a peur qu'elle ne fasse un mauvais choix, et ne tombe entre les mains de Démonus, élu de l'Instance Infernale. Il aimerait la protéger. Il pourrait lui assurer un avenir paisible, si elle était un ange sous ses ordres. Marine a toujours fait preuve d'empathie. Très serviable, généreuse à l'extrême, elle devrait rejoindre les rangs célestes, comme leurs parents avant eux. Déjà très âgés quand elle est née, ils l'ont élevé avec beaucoup d'amour. Elle a eu une enfance et une adolescence ordinaire, voir plutôt calme. Pour son apprentissage, elle a choisi de devenir vendeuse. Mais pour une raison que Huranos ignore, elle continue de repousser sa décision. Plus le temps passe, et plus l'Instance Infernale sera en droit d'exiger qu'elle devienne un démon, selon certains alinéas de la loi. Marine ne comprend pas pourquoi la législation l'oblige à choisir définitivement un camp. Comme si, au cours de son existence, un Humain n'était plus amené à évoluer. 20 ans, n'est-ce pas un peu tôt pour choisir ? Un démon est-il forcément mauvais ? Un ange est-il forcément bon ? Un Humain est-il soit bon, soit mauvais ? Marine se pose beaucoup de questions, peut-être trop.

Si la ville est majoritairement occupée par des Humains, on y voit également des Elfes, des

Nains, ou encore des Mayis, ce peuple des océans. Pourtant seuls les Humains doivent subirent la Loi. Manikéa est une grande cité où tous cohabitent en paix depuis des centaines d'années. A la base, les anges et les démons sont tous des Humains. Mais une loi leur imposent de choisir entre servir le Bien, ou le Mal. Pour les aider dans cette décision, ils passent un test de personnalité qui indique leur orientation. Dès leur plus jeune âge, les enfants, toute ethnie confondue, apprennent à vivre ensemble dans le respect des différences de chacun. Ils vont à l'école ensemble, suivent les mêmes apprentissages sans distinction. Alors pourquoi ce choix obligatoire à 20 ans pour les Humains ?

Huranos est un ange de grande taille aux longs cheveux blonds, le teint pâle et les yeux bleus. Il porte un bandana qui retient ses cheveux détachés. Bien qu'il soit le chef des anges, il arbore une tenue décontractée, une chemise couleur pastel ouverte au niveau du col sur un pantalon de toile beige. Son rôle est de veiller au bien-être de la société, et également au respect et à l'application des lois. La garde angélique est là pour y pourvoir. Elle fait attention à ce que chacun agisse pour le bien de la communauté. Enfin elle doit encourager les jeunes à venir grossir leurs rangs. Depuis son bureau au dernier étage de l'unique building de la ville, Huranos veille sur la cité comme un père sur ses enfants. Comme tous, il a commencé en bas de l'échelle dans la garde. Il lui aura fallu 10 ans pour gravir un à un les échelons de la hiérarchie, et atteindre le sommet. Il a su se faire aimer et respecter. Depuis 2 ans, il voit un changement dans les comportements. Les jeunes remettent en question les lois établies depuis des centaines d'années. Enfin... surtout une en particulier : la Loi du Choix. Ils ne veulent plus s'engager. Ils doutent sans cesse. Certains réclament à pouvoir retarder leur décision après la fin de leur apprentissage. Cela inquiète l'élu céleste, et aujourd'hui plus que jamais, à cause du refus de sa sœur.

Démonus était l'ami d'enfance de Huranos. Ils étaient comme des frères. Mais aujourd'hui tout les oppose. Petit de taille, son visage est dissimulé par les larges bords de son chapeau fédora et le col relevé de son imperméable, ne laissant que deux grands yeux blancs apparaître, le tout d'un noir intense. Il survole légèrement le sol. Son manteau constamment fermé ne laisse rien voir de son anatomie, y compris ses bras quand il a les mains dans les poches. Ses équipes sont la lie de la société. Les plus incontrôlables se retrouvent enfermer à l'Asilium, une sorte d'hôpital psychiatrique carcéral, car jugé trop dangereux pour la population. La garde infernale est composée de toute sorte de démons, un mal nécessaire à toute société civilisée. Mais celui-ci est canalisé par l'Instance. Démonus a pour devoir de contrôler cette malveillance et assurer son non-débordement. Il est, lui-aussi, en charge du respect des lois. Il a eu la même ascension que Huranos, mais côté infernal. Depuis quelques temps, il a constaté que les nouveaux démons ont du mal à accepter l'état définitif de leur situation et de leur choix. Ils ne sont plus aussi malfaisants que les anciens. Pourtant aucun indicateur n'annonce un déséquilibre entre le Bien et le Mal. L'Harmonie continue à être respectée.

Sur Manikhaïos, à 20 ans, les Humains doivent choisir leur voie : le Bien ou le Mal. Une nouvelle apparence leur est donnée par l'Instance auquel ils appartiennent désormais. Marine est partagée. Elle a toujours été un membre actif de la communauté, mais pas au point de se reconnaître comme étant un ange. Son test montre bien qu'elle a beaucoup de caractéristiques bénéfiques. Mais elle a un sentiment d'emprisonnement si elle prend une décision, ce côté définitif qui condamne. Pourquoi les Humains ne pourraient, comme les autres races, trouver leur équilibre entre le Bien et le Mal ? Qu'ont fait les Humains dans le passé pour mériter un tel châtiment ? Au fond d'elle, Marine ne se sent ni ange ni démon. Certains de ses amis sont dans le même cas qu'elle, mais ils se sont forcés à prendre une décision.

Après avoir contemplé la mer pendant un long moment en silence, la jeune femme prend congé de son frère.

« - Marine, ne retardes pas trop ta décision. Sinon tu connais la sentence. Et j'aurai du mal à l'accepter.

- Je viens tout juste de fêter mon anniversaire. Alors arrête de me mettre la pression, répond sa sœur sur un ton exaspéré.

- Ton test est clair, je ne comprends pas pourquoi tu refuses de signer ton engagement !

- Et moi, je ne comprends pas pourquoi les rares fois où on se voit, tu me harcèles avec ça, réplique Marine, boudeuse.

- Je m'inquiète pour toi. C'est le rôle d'un grand frère, non ? Aller ! On ne va pas se quitter fâché quant même ? Demande Huranos avec un sourire timide en la prenant dans ses bras.

- Non, bien sûr. Bonne nuit Grand Frère.

- Rentre bien. »

Ils finissent par se séparer. Huranos reste encore un peu dans le parc. Il observe la silhouette de Marine s'éloigner dans la lumière déclinante du soir. Seul, il médite.

« De qui tient-elle un tel entêtement ? Nos parents ont toujours fait preuve d'une grande souplesse dans notre éducation et dans l'acceptation de la vie. Grande Déesse-Mère, aides-moi. Que puis-je faire pour qu'elle se décide enfin ? »

Il pousse un grand soupir avant de tourner son regard vers le building de l'Instance Céleste. Puis d'un battement d'ailes, il rejoint son logement au dernier étage de l'immeuble.

CHAPITRE 2

Au cœur de la forêt de Sylralei, se trouve le village-temple des Sages. C'est en ce lieu que sont préservés les plus vieux textes du territoire de Blaicia. Ces livres poussiéreux relatent l'histoire du continent, de ses peuples, et toutes les légendes connues à l'origine de la société actuelle. Certains grimoires sont si anciens qu'on n'ose les toucher de peur qu'ils ne se désagrègent.

L'une de ces légendes raconte l'histoire d'un monde créé par la déesse-mère Tsukiterasu. Un monde où tous vivaient en harmonie les uns avec les autres. On y trouvait des Elfes pleins de sagesse, des Nains à la force colossale, des Mayis capables de s'adapter à tous les environnements, même les plus extrêmes, et des Humains qui avaient le pouvoir d'apprendre de tous et de se grandir.

Mais comme dans toutes les histoires où tout est trop parfait, le Mal n'est jamais très loin pour y mettre son grain de sel. Et c'est le perfide Likho, dieu de la destruction et de la domination, qui l'insufflât dans cette société idéale. Il jalousait la déesse. Elle était vénérée par tous ces peuples, lui n'avait rien, ignoré de tous. Alors dans sa soif de pouvoir, il choisit la créature la plus faible et la plus malléable : les Humains. Il s'immisça parmi eux, à l'insu de Tsukiterasu, et mit dans leurs cœurs les graines de la jalousie.

Le regard des Humains envers les autres peuples changea peu à peu. Guidés par le dieu maléfique, ils commencèrent à médire des Elfes et à les trouver hautains. Ils envièrent les Nains pour les richesses qu'ils extrayaient de leurs mines, les métaux, les pierres précieuses et les gemmes d'énergie. Quant aux Mayis, les Humains en avaient peur, car ils pouvaient modifier leur apparence en fonction de leur lieu de vie.

Likho manipulait habilement ces faibles créatures, et très vite, ils devinrent cupides, avides de pouvoir et de domination comme leur maître.

Ainsi des rumeurs se propagèrent, comme une traînée de poudre, entraînant des complots. Des disparitions étranges arrivèrent de plus en plus souvent, les premiers assassinats. La peur s'immisça dans le cœur de chacun. Les outils pour l'agriculture et pour la chasse devinrent des armes de guerre. On ne se faisait plus confiance. On ne tua plus pour se nourrir, mais pour détruire l'autre.

Les Elfes se réfugièrent dans les forêts. Les Nains s'enfermèrent dans leurs mines. Et les Mayis partirent dans les profondeurs océaniques. Alors le dieu démoniaque proposa aux Humains une guerre raciale, puis fratricide, pour dominer ce monde. La violence et la haine embrasent tout le continent. Likho jubilait de voir l'harmonie de la déesse-mère détruite.

Tsukiterasu avait le cœur meurtri face à ce chaos. Et quand elle découvrir l'origine de ce Mal, elle entra dans une grande colère. Folle de rage, elle divisa l'unique continent en deux, et décida de punir les Humains.

Sur la première partie, elle jeta tous les Humains, et les laissa à la merci de Likho. Là, les plus belliqueux dominèrent les autres. La haine, la jalousie et l'avarice régnaient en maître absolu. Les guerres furent de plus en plus nombreuses. Les combats ravageaient les champs. Les récoltes étaient si faibles que la famine s'installa, apportant dans son sillage les maladies. Focalisés sur leur soif de domination pour les uns, et la survie pour les autres, les Humains ne pouvaient développer leur civilisation. La technologie était quasi inexistante. Ils réussirent à créer quelques bourgades un peu plus avancées que les villages pour le commerce. Ces hameaux de quelques bâtiments étaient retranchés derrières des murailles pour se protéger des attaques ennemies. Complètement coupé de l'autre continent, Eulalie était voué à l'autodestruction pour la plus grande joie de Likho.

Sur l'autre continent, la déesse déposa les Elfes, les Nains et les Mayis. L'harmonie revint très vite entre eux, car ces peuples ne s'étaient jamais fait la guerre, focalisés sur un ennemi commun. L'amour, la compassion et l'entraide commandaient cette nouvelle société. Tous vivaient ensemble, et les civilisations se développèrent rapidement. Le partage des savoirs et des richesses permit l'essor de nouvelles technologies. Les premières villes firent leur apparition. Ce continent fût nommé Bène.

Quand, sur Eulalie, il n'y eut plus que quelques survivants, ils implorèrent la déesse-mère de leur accorder sa clémence. Mais Tsukiterasu hésita, ces Humains seraient-ils capables de canaliser leurs instincts destructeurs insufflés par le Mal, pour pouvoir vivre en paix avec les autres ethnies ? La déesse n'eut pas le temps d'y réfléchir, car les peuples de Bène, dans un élan de grande générosité, acceptèrent de recevoir ces miséreux. Alors, pour les protéger, elle imposa à jamais aux Humains de montrer au grand jour leur véritable nature : ange ou démon.

Likho n'était pas content de se voir ainsi limiter dans sa malveillance, mais Tsukiterasu n'était pas plus satisfaite de voir le Mal se balader parmi ses peuples. Et si personne n'est content du marché, alors c'est la bonne solution. Car personne ne peut jalouser l'autre.

On dit que c'est à ce moment-là qu'auraient été créées les Instances Célestes et Infernales, sous la tutelle des deux divinités, afin de contrôler ces êtres instables que sont les Humains. C'est ainsi que serait née la Loi du Choix et son test de personnalité. Du moins c'est ce que prétend la légende.

Ce mythe remonte à la nuit des temps. Connu sous le nom de Légende du Continent Perdu, il n'est transmis qu'aux élus de chaque Instance au moment de leur nomination par leur prédécesseur.

Ainsi, aujourd'hui, Démonus et Huranos sont les dépositaires de cette légende, et savent la responsabilité qu'elle leur impose. S'ils échouaient à maintenir l'équilibre sur Blaicia entre le Bien et le Mal, la légende pourrait se reproduire, et Tsukiterasu et Likho reprendrait leur lutte.

Si quelqu'un voulait découvrir cette légende, en dehors des élus, il lui faudrait creuser profondément dans la bibliothèque de Sylralei au milieu de tous les vieux grimoires.

CHAPITRE 3

Il est tard quand Marine rentre chez elle. La nuit est sombre malgré les réverbères. Elle ne traîne pas. A cette heure avancée, on peut faire de mauvaises rencontres. Elle vit dans un quartier agréable, près d'une des grandes places de marché.

La jeune femme vient d'arriver devant son immeuble, un bâtiment de deux étages. La ruelle est éclairée par un réverbère placé juste à côté de son entrée. Soudain, un jeune homme pénètre brusquement dans l'impasse où elle habite. Il est essoufflé. La peur se lit sur son visage. Ce dernier est poursuivi par Nox et Nirta, des sbires de Démonus. L'inconnu court depuis un moment. Mais les deux diables n'ont aucune difficulté à le suivre. Ils jouent avec lui. Bientôt il fera parti des démons. Voyant Marine, le jeune homme la supplie de lui venir en aide. Surprise, Marine ne sait comment réagir. Elle reprend ses esprits, et comprend vite la détresse de cet inconnu. N'écoutant que son cœur, elle le fait rentrer chez elle au mépris des deux démons. Nox jure tout ce qu'il peut avant de partir.

« - De quoi elle s'mêle, celle-là ? Sérieux, une proie si facile, ça m'fout les boules ! Peste Nox.

   - Bof ! Au moins on peut aller s'occuper de victimes plus appétissantes. Voir pervertir quelques anges ! Réplique Nirta, en haussant les épaules, le sourire aux lèvres.

- Ouais ! Ben y'en a marre de lui courir après, à c'lui-là. Ça fait des mois qu'il nous nargue.

- Pour une proie facile, il a du répondant. Ondevrait peut-être voir avec le patron comment lui régler son compte ?

- Mouais... On va s'prendre un savon, si tuveux mon avis. »

Séductrice, Nirta préfère les hommes qui lui résistent, mais celui-là lui tape sur les nerfs. Courir après un gamin pour faire respecter la Loi n'est pas de son goût. Les démons repartent en prenant note de cet énième incident. De nouvelles victimes à convertir les attendent. La nuit ne fait que commencer.

Une fois à l'intérieur, l'inconnu remercie sa bienfaitrice et se présente. Il se nomme Gérald. Il a 22 ans. C'est un jeune homme au visage triste. Plus grand que Marine, il a des cheveux foncés, des yeux couleur noisette et des tempes bien dégarnies. Son allure est négligé. Il n'a toujours pas choisi entre le Bien et le Mal. Comme tous les jeunes, après ses 17 ans, il est parti sur les routes pour trouver un apprentissage qui lui conviendrait. Mais il n'a rien trouvé qui l'intéressait vraiment. C'est un homme timoré. N'ayant pas trouvé de métier qui lui plaise, il est rentré chez sa famille. Mais celle-ci l'a mis dehors pour le forcer à faire un choix. Depuis il erre de petits boulots en petits boulots, pourchasser par les démons. Malgré cette réticence envers les forces démoniaques, il n'est pas beaucoup plus attiré par le côté angélique. Même s'il les trouve très gentils. Il sait qu'il aurait dû choisir depuis longtemps, mais n'y arrive pas. Et pour ne rien arranger, les résultats de son test n'étaient pas concluant. C'est à dire qu'il est autant ange que démon.

« - Si je comprends bien, ton incapacité à choisir un camp a fait de toi un homme pourchassé par les anges et par les démons, se moque Marine.

- Oui... non... enfin... ce n'est pas ce que jevoulais, répond Gérald en baissant la tête.

- Bref ! Si tu ne te décides pas, la Loi décides pour toi, et tu dois signer avec l'Instance Infernale.

- Je sais, soupire-t-il. Mais c'est pas ce que jeveux.

- Oui, mais tu veux quoi au juste ?

- C'est ça le problème, j'en sais rien. »

La soirée a été longue. Dépitée, Marine est fatiguée, et propose d'aller dormir. Elle donne une couverture et un oreiller à Gérald qui dormira sur le canapé.

Lorsqu'elle se lève au petit matin, son invité est déjà réveillé. En fait il a juste somnolé quelques heures, en proie à des cauchemars. Il vit dans la peur de devenir un démon ce qui augmente encore sa détresse. Elle a presque pitié de cet homme. Pour lui remonter le moral, elle lui propose un café avant de se rendre au marché. Marine commence à avoir de l'empathie pour Gérald au vu de son passé difficile. La jeune femme ne travaille pas, elle est en vacances. Elle est employée dans une petite épicerie de quartier. Après avoir déambulé dans les allées du marché, et fait quelques courses, ils finissent par s'attabler dans un café. Ils sont en pleine conversation, quand deux inconnus les abordent.

L'homme est pleins de charmes, costume bien taillé, taille moyenne. Il se dégage de lui un certain charisme. L'Elfe noire qui l'accompagne est souriante. Ses longs cheveux bruns sont coiffés de fines tresses, et a de grands yeux bleus. Elle porte des vêtements kaki à l'allure militaire. Il s'agit de Tanguy et de son bras droit Tatiana. Ils sont recherchés autant par l'Instance Céleste qu'Infernale, car ils sont à la tête d'un petit groupe de personnes qui refusent d'opter pour le Bien ou le Mal, et réclament la fin de la Loi du Choix.

Au vu de l'âge des jeunes gens, Tanguy a compris que Marine et surtout Gérald doivent prendre leur décision. Il commence par leur expliquer son point de vue sur cette obligation. Pour lui, c'est une aberration d'un autre temps. Cette loi a été mise en place à une époque, où les Humains étaient souvent en guerre, entre eux mais aussi contre les autres races. La loi fut la solution pour forcer les Humains à se soumettre à une volonté supérieure. Dans le même temps, un système éducatif collaboratif fut mis en place. Aujourd'hui, des siècles plus tard, il n'y a plus de guerre. Et l'enseignement prodigué aux enfants développe la solidarité et la communauté. Le Choix n'a plus d'importance.

Tatiana ne participe pas à la conversation. Elle veille à leur sécurité. Elle guette ce qui se passe autour d'eux. Il y a beaucoup de monde. Un ange, ou un démon, pourrait débarquer à tout moment.

« - L'endroit n'est pas idéal pour converser de ce genre de sujet, s'inquiète Tatiana. Tu devrais abréger.

- Si cela vous intéresse, retrouvons nous ce soir à la tombée de la nuit, au lieu-dit de La Brûlerie Saline. C'est un lieu isolé sur le sentier côtier. » Propose Tanguy. Il repart avec sa compagne sans même attendre la réponse des deux jeunes.

Le reste de la journée, Marine repense à leur rencontre au café. Gérald, comme à son habitude, est inquiet. Il a peur de se retrouver dans une situation encore pire. Il pense que c'est une mauvaise idée d'aller au rendez-vous. Marine lui fait remarquer qu'il n'a pas d'obligation de la suivre. Il peut reprendre sa routine quotidienne, sans cesse traquer par les uns et les autres. Quant à elle, sa curiosité a été piquée au vif. Quoi que Gérald décide, elle ira. Elle veut savoir comment Tanguy est arrivé à de telles conclusions. Et puis elle commence à être fatiguée d'avoir son frère derrière son dos pour lui mettre la pression. Il voudrait tellement qu'elle soit à ses côtés dans l'Instance Céleste. Marine est intelligente, et ne veut pas être un mouton qui suit le système. C'est aussi la rébellion qui gronde en elle depuis trop longtemps, et qu'elle essaie de faire taire. Aujourd'hui ses troubles ont trouvé un écho dans les paroles de Tanguy. Serait-ce la voie qu'elle voudrait ?

CHAPITRE 4

La journée touche à sa fin. Marine a réussi à convaincre Gérald de l'accompagner au rendez-vous. Elle ne saurait dire pourquoi, mais elle éprouve un certain attachement pour ce garçon craintif. Elle sent qu'il a besoin d'être protégé, guidé. Il boude un peu, et se retourne toutes les cinq minutes, au cas où ils seraient suivis. La peur de voir ressurgir les démons de la veille le terrifie. Le jeune homme n'a accepté de suivre Marine que parce qu'il lui ait reconnaissant de l'avoir aidé la veille. L'idée de revoir ce type bizarre avec son Elfe le dégoûte. Il est persuadé qu'il aura encore plus d'ennuis avec des gens pareils. Et que dire de leur idéologie, du grand n'importe quoi ! Les Humains doivent choisir, ça a toujours été comme ça. Pourquoi vouloir changer les choses ? C'est vrai que lui, Gérald, n'a aucune idée de quel côté aller, mais il finira bien par trouver la réponse.

Alors qu'ils sont sur le chemin, ils rencontrent Angélicus, ange de la garde céleste. Une chevelure bouclée d'un blond presque blanc, taille moyenne, il porte une tunique rappelant les vêtements de la Rome antique. Envoyé par Huranos, il veut comprendre pourquoi ils ne se soumettent pas au Bien. Pourquoi ils ne se laissent pas convaincre par le Mal non plus ? Être sous les ordres de l'Instance Céleste, c'est aider la communauté, c'est veiller les uns sur les autres. Être un ange c'est montrer que les Humains sont capables d'amour et de compassion. C'est aussi servir les desseins de la Grande Déesse-Mère Tsukiterasu. Alors que l'autre côté montre combien ces êtres sont maléfiques, indignes de la confiance des autres peuples. C'est donné du pouvoir au Dieu Démoniaque Likho.

Pour Marine, c'est plus compliqué que ça. Les Humains ont tous en eux une part de bon et une part de mauvais. Choisir, c'est donné la préférence à l'une ou l'autre. Et puis, quel est l'impact psychologique sur les personnes, de laisser de côté une part d'eux-même ? Bien qu'elle travaille comme vendeuse dans une petite épicerie, c'est un métier nourricier. Et elle ne pense pas l'exercer toute sa vie. De même elle n'a pas envie de se condamner dans un choix aussi définitif, entre être un ange ou être un démon toute sa vie.

Gérald ne dit rien, son regard perdu dans le vague. Il observe l'ange. Le soleil de fin d'après-midi le nimbe d'une lumière dorée. Sa voix douce résonne comme une mélodie à ses oreilles. Une grande sérénité se dégage de cet être céleste. Peut-être les a-t-il mal jugé jusqu'à présent ? Toujours traqué, il n'a jamais vraiment pris le temps d'y réfléchir.

Les yeux gris-bleu d'Angélicus se posent sur la demoiselle. Il va pour reprendre la parole, mais il est stoppé nette dans son élan en croisant le regard noir de Marine. Ils se sont connus gamins sur les bancs de l'école. Elle était toujours très gentille, mais il lui arrivait parfois de piquer de grosses colères, comme beaucoup d'enfants. Pourtant, aujourd'hui ce qu'il voit dans les yeux de son ancienne camarade de classe lui fait presque peur. C'est bien plus qu'un simple agacement. Son fort caractère l'emporte et elle coupe court à la conversation, inutile de palabrer indéfiniment.

« Toujours être la gentille petite fille bien obéissante. Toujours faire ce que les autres attendent de moi. J'en ai marre. Fiche-moi la paix ! », hurle Marine en proie à une colère montante. L'ange est stupéfait par ce changement brutal. Est-ce la perte de ses parents qui l'ont rendu plus sensible ? Ou moins tolérante ?

Angélicus les regarde repartir. Il prend un moment avant de partir à son tour. Doit-il avertir Huranos de cet incident ? Comment réagira-t-il ?

Entraînant Gérald dans son sillage, Marine reprend sa route vers le sentier côtier. Le garçon l'interpelle. Il n'a pas compris pourquoi elle a été aussi agressive avec Angélicus. L'ange essayait juste d'être aimable. Il ne leur a pas forcé la main. La jeune femme refuse de répondre. Depuis qu'elle est toute petite, elle se plie à ce que l'on attend d'elle. Née dans une famille majoritairement angélique, elle a toujours été gentille, bienveillante, attentionnée devant les autres, répondant ainsi aux attentes de chacun la concernant. Mais avec des parents qui appartenaient à la garde céleste, puis son frère qui a suivi la même voie, la pression est devenu insupportable. Alors seule le soir chez elle, elle pleure de devoir faire semblant d'être toujours forte, toujours compréhensive. Quand son frère est devenu l'élu, c'est devenu pire. Au début ça ne la dérangeait pas d'en parler, mais les gens changeaient de comportement quand ils apprenaient son lien de parenté. Anges comme démons devenaient faux. Et tous insistaient pour savoir quand elle deviendrait un ange à son tour. Elle ne supporte pas ça. Après le décès de ses parents, les gens sont devenus encore plus pressants, presque mielleux. Alors encore une fois, elle a gardé pour elle son ressenti. Elle ne parle plus de Huranos. Ce n'est pas pour autant qu'elle est mauvaise, elle ne veut tout simplement pas choisir.

Ils arrivent à l'entrée du sentier côtier. Le soleil couchant teinte la plage de reflets rouges-orangés. L'air est plus vif en bord de mer. C'est là, entre chien et loup, que la vieille Thanata tente de les aborder. C'est un démon enveloppé d'une grande tunique avec une capuche, qui laisse seulement voir un crane et des mains squelettiques. Mais lorsque l'on ressemble à l'Ankou, on n'impressionne plus les jeunes d'aujourd'hui. Aussi nos deux compagnons passent devant elle sans lui accorder la moindre attention, et poursuivent leur chemin. Thanata se sent vieille. Cela fait des années qu'elle traque les jeunes pour les convertir au mal. Mais depuis un certain temps, il y a du changement. Les gens ne lui accordent même plus un regard. Autrefois, sa simple présence faisait trembler de peur toute une assemblée. Aujourd'hui les nouvelles générations ont accès à toutes les actualités. Grâce à internet, ils découvrent les images de meurtres sordides perpétrés à travers tout le continent. Les jeux vidéo et les films à sensations contribuent également à cette banalisation de la violence. Au final, les enfants sont préparés de plus en plus tôt au mal. Et ils ont trouvé les ressources en eux pour y faire face, comme un subtil équilibre qui se mettrait tout doucement en place chez les Humains, comme chez les autres races. Il est peut-être temps pour Thanata de prendre sa retraite, et de laisser la place aux jeunes démons. Ils sont si différents dans leur façon d'être et d'agir. Quand elle voit la belle Nirta séduire les hommes, et jouer avec leur cœur, elle se sent dépasser. Avant, les démons occupaient souvent des place de dirigeants dans les entreprises. Aujourd'hui, il y a de plus en plus de démons qui restent de simples employés par choix. Autrefois, on la craignait, comme on redoute la mort. Un monde nouveau est en train de naître, et Thanata appartient au passé. Est-ce que ce changement est lié également au taux de natalité en baisse chez les Humains ? Depuis quelques années, les scientifiques ont noté un allongement de la vie et en parallèle une baisse des naissances. Ce phénomène n'avait été observé que chez les autres peuples plus avancés. La démone s'en retourne doucement vers l'Instance Infernale. Le regard fixé vers le sol, elle se demande ce que lui réserve l'avenir à présent.

CHAPITRE 5

Marine et Gérald finissent par arriver à La Brûlerie Saline, où les attend déjà Tanguy.

Les trois cheminées présentes sur les lieux servaient autrefois aux goémoniers pour brûler les algues. La plage est à quelques mètres en contre-bas. C'est marée basse, et l'odeur acre du varech leur parvient. La mer est paisible, et les vagues viennent doucement lécher le sable fin. Au large, de gros nuages cachent la ligne d'horizon. L'endroit est calme et dégage une certaine sérénité.

Notre trio suit le chemin afin de discuter tranquillement. Ils se dirigent vers l'un des refuges de la rébellion.

Gérald reprend son observation, mais rien n'y change, il n'aime vraiment pas cet homme. Sa façon de parler, son assurance, même son maintient de professeur d'université l'énerve. Marine est beaucoup plus enthousiaste. Elle a tellement de questions à poser qu'elle ne sait par où commencer. Tanguy prend un temps pour analyser ses nouveaux compagnons de route. Il ne peut se permettre de ramener n'importe qui dans leur groupe juste parce qu'ils n'ont pas encore choisi un camp. L'empressement qu'affiche la jeune femme lui fait chaud au cœur. Elle lui rappelle qui il était il y a quelques années, quand le doute l'avait assailli au moment du Choix. Par contre la réserve dont fait preuve le jeune homme, incite à la prudence avec lui. D'ailleurs est-ce de la réserve ou du mépris qu'il lit dans ses yeux ? Le temps jugera.

Chef de la Faction rebelle, Tanguy prône une idéologie où les gens n'auraient plus à choisir entre le Bien ou le Mal de façon obligatoire. Il pense que chacun est libre, à tout moment de sa vie, de servir le Bien ou de tomber dans une période obscure qui servira le Mal, sans jamais y rester définitivement. Libre également de choisir d'être définitivement un ange ou un démon. Il a souvent vu des familles meurtries parce qu'un de leur membre n'avait pas choisi la même voie que le reste du clan. Lui-même l'a vécu quand il a pris la décision d'être Neutre. Il a vu des gens choisir une voie, et ne pas supporter les obligations qui leur incombaient. Il les a observé sombrer dans la dépression, voir la démence, avant de finir à l'Asilium. Tanguy est recherché pour désobéissance envers la Loi du Choix, rébellion et soulèvements.

Un vent orageux venu du large se lève. Les nuages noirs à l'horizon se rapprochent. Ils sont de plus en plus sombres, et la pluie commence à tomber. Par chance, ils sont en vue d'une maison, et se précipitent vers elle. Dans l'espoir, d'y trouver un abri au déluge qui arrive, ils frappent à la porte. Un vieil ange leur ouvre.

« - Qu'est-ce qu'vous faites dehors par un temps pareil, les jeunes ? Vous avez pas vu l'orage qu'arrivait ? Leur demande, surpris, l'ange.

- On s'est laissé surprendre, lui répondTanguy. Nous pensions avoir le temps de rentrer chez nous.

- Aller ! Rentrez donc vous sécher, avant d'choper la mort. J'vais vous chercher d'la soupe pour vous réchauffer. » Leur dit l'ange, visiblement amuser par leur état.

Avec bienveillance, il les fait entrer afin qu'ils ne se retrouvent pas plus tremper qu'ils ne le sont déjà. Ils pénètrent alors dans une belle pièce à vivre. Meublée simplement, le lieu est divisé en différents espaces de vie. Le long du mur faisant face à la porte, on découvre une cuisine équipée avec un petit îlot central. Sur la gauche, le salon avec deux fauteuils tournés vers une cheminée, avec une petite table basse entre les deux. Enfin légèrement sur la droite un espace repas d'où part un escalier qui donne accès à l'étage. Sur la table, deux couverts sont préparés. L'ange revient de la cuisine avec des bols de soupe chaude. Il ramène ensuite des chaises pour que ses invités puissent s'asseoir et des serviettes pour se sécher. Les trois intrus sont gênés par tant de courtoisie. Gérald est sous le charme, alors que Tanguy est inquiet. Mais Phoïbos le rassure : « T'inquiète pas, mon gars. Je sais qui t'es. Et j'respecte tes idées. Elles plaisent pas, mais c'est pas mon problème. J'dirai rien aux autorités. Vous êtes mes invités c'soir. »
Lui aussi, quand il était jeune à beaucoup hésiter.

A cet instant, un bruit de clé se fait entendre. La porte d'entrée s'ouvre, laissant apparaître une vampire habillée très élégamment d'un costume trois pièces sombre, une femme d'affaire à n'en pas douter. Elle salue l'assemblée avant de s'avancer vers son mari pour l'embrasser.

« - Vous êtes un démon, fait remarquer Tanguy, déconcerté.

- Finement observé, jeune homme ! », réplique Enéas avec un sourire narquois.

Puis l'ange et la démone échange un regard de connivence, et partent d'un grand rire. Après toutes ces années, ils adorent toujours autant voir la surprise chez les gens qui découvrent leur couple. Gérald est sous le choc, un ange et un démon qui sont mariés. Il ne pensait pas que c'était possible.

Phoïbos et Enéas leur racontent leur histoire.

« - Nous eûmes le plaisir de nous rencontrer au début de notre scolarité, commence Enéas. Nous étions alors de jeunes enfants insouciants.

- C'tait la plus jolie fille d'la classe, et déjà unbrin rebelle et autoritaire, poursuit l'ange.

- Phoïbos était très doux, prévenant et fort galant.

- Bien qu'tout nous opposait, on était très complice.

- Puis j'eus l'honneur qu'il me demanda ma main.

- On s'est mariés pendant not'apprentissage, à 18 ans, avant d'avoir fait l'choix. Nos familles étaient furax.

- Il est vraiment qu'ils eurent bien du mal à accepter notre couple. Tout comme ils leur avaient été pénibles d'accepter notre relation au début.

- Elle était plus démone, et moi plus ange. Alors on a pris des choix différents. J'suis d'venu goémonier, et fournissais des algues aux laboratoires pharmaceutiques. C'était une vie rude, mais elle est resté avec moi.

- J'ai le privilège de diriger une agence d'assurances. Et j'eus le plaisir d'avoir deux enfants avec mon bien-aimé, qui sont adultes maintenant.

- On n'a jamais cessé de s'aimer comme au premier jour. Beaucoup pensaient qu'ça durerait pas entre nous. Pourtant ça fait plus de 50 ans qu'on est marié, et toujours aussi heureux ensemble. »

Marine baisse les yeux. Elle n'en revient pas. Estce qu'il y a d'autres couples de ce genre ? Que pensent-ils de leur vision des choses ? Enéas répond, avec beaucoup de simplicité. Elle comprend que les nouvelles générations ont plus de mal à trouver leur voie. Le monde change tellement vite maintenant avec les nouvelles technologies. Les anciens aimeraient que rien ne change, une continuité rassurante. Mais on ne peut pas empêcher l'évolution. Les lois sont anciennes, elles-aussi. Il serait peut-être temps de les réviser pour qu'elles s'adaptent mieux à la société actuelle.

La nuit est déjà bien installée. Le vieux couple leur propose le gîte et le couvert pour ce soir. Ils ne vont pas les mettre dehors par le temps qu'il fait. Et puis, ils n'ont pas souvent des invités. Au final, Phoïbos et Enéas sont ravis de les avoir à dîner. Le trio acceptent la proposition en voyant la pluie continuer à battre le carreau. Tanguy aurait aimé prévenir les autres de ce contretemps, mais il ne veut pas signaler sa présence en ces lieux par téléphone. Tatiana va sûrement être folle d'inquiétude, tant pis, il avisera. La soirée s'éternise un peu, où chacun y va de son anecdote.

CHAPITRE 6

Le lendemain aux premières heures du jour, les jeunes prennent congé de leurs hôtes et les remercie chaleureusement. Gérald est plus silencieux que jamais. Pour la première fois de sa vie, il a enfin pris une décision importante. Mais il veut attendre un peu avant de se jeter à l'eau. Il veut être sûr que c'est ce qu'il veut. Et puis il ne sait pas comment contacter l'Instance en question.

Ils ont atteint l'autre bout du sentier côtier. La pluie de la nuit fait remonter une douce odeur de terre humide du sol. Ils tournent vers la droite pour se diriger vers la ville en longeant la forêt de Sylralei. Ils ont marché en silence pendant un long moment, chacun perdu dans ses propres réflexions. Alors qu'ils approchent du repère de la rébellion, Marine s'étonne d'une cohabitation possible entre ange et démon. Tanguy en a déjà entendu parlé. Il y a de plus en plus de jeunes qui se mettent en couple avant d'aller vers les Instances. Bien sûr il a vu de nombreux couples pluriethniques. Mais c'est la première fois qu'il rencontre un couple ange-démon aussi âgé. C'est très impressionnant. Marine replonge dans ses pensées, le Choix toujours omniprésent dans leur vie. Par le passé, elle a déjà vu des gens montrer tous les signes d'une voie, et aller dans l'autre direction juste pour plaire à leur famille. Huranos lui a parlé de l'Asilium, où l'on interne aussi bien les malfrats, que les personnes atteintes de troubles de la personnalité, de dépression ou trop stressés par leur choix, souvent des gens qui hésitaient avant de signer leur appartenance avec une Instance.

Situé dans un quartier peu fréquenté, le refuge de la Faction est une simple petite maisonnette de quelques pièces. Elle est composée d'une pièce de vie avec une petite cuisine sur le côté, et ce qui doit correspondre à une chambre dans le fond. En poussant la porte, ils sont accueillis par une Tatiana en pleine crise d'angoisse qui se jette au cou de Tanguy.

« - Où étiez-vous passés ? Pourquoi vous n'êtes pas rentrés hier soir ? Qu'est-ce qui vous est arrivé ? Où avez-vous passé la nuit ? Mitraille l'Elfe.

- Laisse-moi le temps de m'expliquer, répond calmement Tanguy, un sourire rassurant sur les lèvres.

- J'ai cru que tu avais été arrêté, que je ne te reverrais jamais, larmoie l'Elfe.

- Calme-toi maintenant, puisque je suis là. Je vais t'expliquer la soirée. »

Alors que Tanguy se défait de l'étreinte de sa compagne, il lui résume les événements de la veille : l'orage, puis l'arrêt forcé chez Phoïbos et Enéas.

Deux personnes s'approchent, attirées par les éclats de voix. Ils sortent de la pièce adjacente. Bien que frère et sœur, Gaétan et Zita ne se ressemblent pas. Certes, ils ont tous les deux le teins basané des gitans, mais lui est grand aux yeux noisette, un regard de séducteur. Elle est petite, les yeux verts. Bien que souriante, elle affiche une grande sévérité dans son regard.

En apercevant Marine, Gaétan voit une belle occasion d'essayer sa nouvelle technique de drague, ce qui énerve immédiatement Zita qui ne supporte pas le manque de respect de son frère pour la gente féminine. C'est un coureur de jupons, c'est plus fort que lui. Depuis leur plus jeune âge, Zita a vu son frère manipuler les filles parfois pour obtenir des faveurs, mais le plus souvent, juste pour le « sport » comme il dit. Il aime faire la fête, s'amuser. Musicien, il fait parfois des petits concerts pour gagner sa vie. Zita l'accompagne en dansant. Le corps svelte de la tzigane attire le regard des hommes. Si cela gène la jeune fille, Gaétan en rigole. Il ne comprend pas pourquoi sa sœur ne se lâche pas un peu plus. Mais l'attitude de son frère l'inquiète. Elle sait que parmi les démons, il y a une redoutable succube. Et cette dernière n'aurait aucun mal à obtenir ce qu'elle veut de lui. Leurs parents les ont laissé tomber quand ils ont refusé de devenir des démons comme le reste de la famille. Ils ont préféré ne pas choisir. Gaétan avait peur de perdre sa belle gueule et de ne plus pouvoir séduire les filles. Quant à Zita, son test la désignait comme un ange, et elle ne voulait pas décevoir sa famille. Elle ne pensait pas que refuser de choisir entraînerait une telle décision chez leurs parents. Pour échapper au courroux de sa sœur, Gaétan part en ville voir un ami chez qui il doit faire un concert. Il prend Gérald avec lui, ils pourront discuter entre hommes. Profitant du départ des deux garçons, Tanguy vient questionner Marine au sujet de son camarade. Il n'arrive pas à savoir s'il peut lui faire confiance. Malheureusement, la jeune femme n'a pas grand chose à lui dire, puisqu'elle ne le connaît que depuis deux jours seulement. Tanguy n'insiste pas. Il rassemble ses papiers étalés sur la table pour faire de la place. Pendant ce temps, Tatiana commence à se calmer un peu. Elle prépare du café pour tout le monde. La cuisine est petite, mais bien équipée. Marine la rejoint pour l'aider à préparer les tasses. Elle est curieuse, et ne comprend pas la présence d'une Elfe dans la Faction. Elle n'est pas concernée par le Choix. Tanguy et Tatiana se sont rencontrés il y a une vingtaine d'années. Ils venaient d'entrer tous les deux au temple de Sylralei, la forêt qui borde Manikéa à l'Ouest. A la fin de leur apprentissage d'alchimiste, ils sont partis sur les routes, pousser par la soif de l'aventure. Au cours de leurs voyages, ils ont rencontré d'autres peuples qui ne sont pas contraints par la Loi. C'est à ce moment-là que Tanguy a commencé à se rebeller contre le système. L'Elfe était fascinée par la détermination du jeune homme. Pourquoi les Humains devraient-ils choisir, et pas les autres ? Il allait bientôt être dans l'obligation de prendre sa décision lui-aussi, et ne le supportait pas. Il a commencé à étudier des livres de plus en plus anciens pour comprendre l'origine de la Loi. Il voulait trouver une faille qui lui aurait permis de se dérober à son devoir. Au cours de ses recherches, il est tombé sur une vieille légende. De ce qu'il en ressort, c'est que les Humains étaient beaucoup plus violents que les autres peuples. Ils cherchaient la domination à tout prix. Ils n'avaient aucun respect pour quoi que ce soit. C'est pour changer cette façon de penser qu'un système éducatif basé sur la collaboration des élèves et non sur la compétition a été mis en place. On récompense le groupe, et non l'individu. Puis la Loi du Choix et le test de personnalité ont vu le jour pour détecter, surveiller et canaliser les personnes les plus dangereuses. Dans le même temps, les Instances ont été créées pour gérer d'éventuels débordements. Quand Tanguy a fait ces découvertes, il s'est juré de tout mettre en œuvre pour faire changer les choses.

Tatiana parle avec passion de son chef. On voit dans ses yeux tout l'amour qu'elle lui voue. Bien que l'Elfe n'est rien dit à ce sujet, il est évident qu'ils s'aiment depuis longtemps. Marine la regarde. Elle aussi a aimé. Elle était même fiancée, mais il a choisi de rejoindre l'Instance Céleste. Il l'a supplié de le rejoindre. Elle n'a pas pu s'y résoudre. Malgré tout l'amour qu'elle lui portait, choisir était pour elle se perdre. Tatiana remarque le trouble de la jeune femme. Ignorant les pensées de cette dernière, elle se méprend et est ravie de compter une personne de plus qui croit en eux.

CHAPITRE 7

Pendant ce temps-là, en ce début de matinée, dans les bureaux de l'Instance Céleste, Huranos reçoit Angélicus pour son rapport. La pièce est vaste et très lumineuse. Des peintures colorées égayes les murs blancs. Faisant face à la baie vitrée, un grand bureau en bois blanc est couvert de piles de papiers. Sur le côté, un ordinateur est allumé. L'élu, assis dans un fauteuil en cuir, a l'air plus las que jamais. Deux sièges confortables lui font face. Assis dans l'un d'eux, Angélicus relate ce qu'il s'est passé la veille avec Marine. Il a longtemps hésité à en parler, mais il ne peut cacher son inquiétude devant son supérieur. Huranos est très préoccupé pour sa sœur. Le temps passe et toujours aucune décision. Et maintenant cet emportement et ce rapprochement avec la Faction ne sont pas une bonne chose. Il ne comprend pas pourquoi un tel comportement. Que cherche-t-elle au juste ? Pour lui, Marine a toujours été calme, douce, prête à aider les autres, comme n'importe quel séraphin. Et puis les résultats de son test sont clairs, elle est un ange. Alors pourquoi ce refus chaque fois qu'il en parle avec elle. Leurs parents étaient des anges, eux-aussi, il est logique qu'elle le rejoigne. Elle n'avait que 8 ans, quand il a rejoint l'Instance Céleste. Même s'il passait souvent voir sa famille. Il n'a pas vraiment vu sa sœur grandir. Le tempérament qu'elle a montré à Angélicus lui est totalement inconnu. Il ne la reconnaît pas.

« - Si je puis me permettre, Maître. Votre sœur a-t-elle déjà exprimé sa tristesse ou sa colère, depuis le décès de vos parents ? Interroge l'ange.

- Je l'ignore, répond dépité Huranos. J'ai été très occupé par mes affaires pour l'Instance. Je n'ai pas passé beaucoup de temps avec elle. Même les funérailles, je les ai expédié rapidement.

- En avez-vous discuter avec elle ?

- Elle me répond toujours que tout va bien.Pourquoi est-ce que je douterais de sa parole ? Commence à s'emporte l'élu.

- Peut-être parce qu'elle te connaît assez pour ne pas vouloir t'inquiéter avec ses états d'âme », réplique Ilios qui vient de faire son entrée, sans même frapper à la porte.

Ancien fiancé de Marine, il ressemble à un surfeur hawaïen à qui on aurait collé des ailes légèrement bleutées dans le dos et une auréole sur la tête. Sa proposition est simple : utiliser Gérald pour la convaincre de rejoindre les rangs de son frère. La proposition fait rire Angélicus qui considère Gérald comme beaucoup trop indécis.

« - Ce garçon n'a aucune chance d'avoir la moindre influence sur un caractère fort comme Marine. Il est impossible que ça marche. Au mieux, tu auras recruté un ange de plus. Mais certainement pas la sœur du chef.

- Tu as mieux à proposer ? As-tu essayé de la convaincre hier soir ? » Réplique Ilios.

Huranos est fatigué de les entendre se chamailler. Il donne son accord pour essayer ce plan, mais c'est plus pour se débarrasser d'Ilios que par conviction. L'ange est insupportable quand il a une idée en tête. Il fera tout pour la réaliser, même désobéir aux ordres. L'élu céleste renvoie ensuite Angélicus à son travail. Il a besoin d'être seul pour réfléchir à la situation. Il secoue la tête, il faut arrêter cette Faction coûte que coûte. Jusqu'à présent, Tanguy se contentait de discuter avec les gens pour propager ses idées révolutionnaires. Il n'avait jamais recruté de nouveaux membres. Serait-il au courant que Marine est sa sœur ? Veut-il l'utiliser contre lui pour lui mettre la pression ? Non, ce n'est pas possible, il a limité ses contacts avec elle en prévision de ce genre de chose. Serait-ce une coïncidence ? De toute façon, il a été désigné élu pour protéger la Loi et la faire appliquer, tout comme Démonus. Rien ne le fera dévié de sa mission. Malgré tout, bien au-delà du comportement de sa sœur, il a le sentiment que les choses lui échappent.

Un léger sourire vient illuminer un bref instant le visage de Huranos. Un vieux souvenir vient de refaire surface : le jour où Démonus et lui avaient reçu les résultats de leur test de personnalité et la décision qu'ils prirent. Comme ils étaient fiers d'eux-même. Ça remonte à si loin maintenant.

Après un instant de réflexion, Huranos vérifie une dernière fois que personne ne viendra le déranger. Il décroche son téléphone et compose rapidement un numéro. A l'autre bout de la ligne, une voix mielleuse ne tarde pas à répondre. La conversation est courte.

« - Tu es au courant. Ça ne peut plus durer. Tanguy commence à recruter des gens. Ilios est sur l'affaire. Mais je ne crois pas qu'il puisse faire grand chose. Ses idées sont de plus en plus farfelues. Je suis à court d'imagination.

- J'ai mis mes meilleurs éléments sur le coup. Cette rébellion doit être étouffée au plus vite. Il en va de la survie du système. »

Quelques heures plus tard, Ilios frappe à la porte, Huranos le reçoit. La contrariété se lit sur son visage. L'ange hésite à avouer son échec partiel. Il a réussi sans aucune difficulté à récupérer Gérald, mais il n'a même pas approché Marine. Huranos veut en finir avec ces rebelles. Savoir sa sœur avec eux lui est intolérable. Il espère que son idée portera ses fruits. Il lève les yeux vers son subalterne.

« Tu vas prendre Lucia avec toi. C'est sa meilleure amie, elle devrait arriver à ramener Marine à la raison. Je veux que ce soir, elle soit dans mon bureau à signer les papiers d'intégration », aboie Huranos.

Il a fait preuve d'assez de patience avec elle. Tant pis pour elle s'il doit employer la force contre sa propre sœur. Elle doit accepter une bonne fois pour toute de servir le Bien. Il serait totalement inacceptable qu'un membre de sa famille ne soit pas chez les anges.

Une jeune ange frappe doucement à la porte avant d'entrer. C'est une jolie asiatique aux cheveux mi-longs, plutôt timide. Lucia et Marine se connaissent depuis l'école. Elles ont grandies ensemble. Malgré son tempérament de feu, Marine a toujours écouté son amie. Elles se sont perdues de vue pendant leur apprentissage, Lucia était infirmière dans une autre ville. Alors que Marine est restée à Manikéa pour être vendeuse. Quand Lucia est revenue, elle a tout naturellement rejoint les anges. Elle pensait que son amie la suivrait, mais ce ne fût pas le cas. Elles se voient encore de temps en temps pour prendre un café et bavarder ensemble.

La mission de Huranos ne sera pas facile. Il n'est absolument pas sûr que la jeune femme se laisse amener auprès de son frère sans rien dire. Mais le Maître a parlé et il faut s'exécuter ou craindre sa colère. Et Huranos est capable d'une rare violence dans ses mots comme dans ses gestes pour un ange. Il est vrai que l'élu a une lourde responsabilité sur les épaules. Si parfois il perd son sang froid, c'est qu'il ne peut se permettre de voir la légende se reproduire. Ce serait une catastrophe pour tout Manikhaïos. La loi doit être respectée pour le bien de tous. Qui sait si la grande déesse ne déciderait pas d'intervenir directement s'il venait à faillir dans sa tache ?

Lucia se tourne vers Ilios, qui la raccompagne. Une fois dans l'ascenseur, elle ose parler :

« - L'élu a l'air très en colère. Que se passe-t-il ?

- Marine joue les têtes de mule, comme à son habitude. Elle continue à refuser à se décider.

- Elle a toujours été comme ça. Je ne vois pas pourquoi il s'énerve. Elle va attendre la dernière minute pour prendre sa décision comme toujours.

- Je crois que Huranos ne la connaît pas aussi bien que nous. Et puis, il y a cette histoire avec la Faction rebelle, qui en rajoute une couche.

- Et bien, il doit être bien désespéré pour faire appelle à une infirmière en plus de sa garde », se moque gentiment Lucia.

CHAPITRE 8

Du côté des démons, c'est aussi l'heure des rapports. L'Instance Infernale occupe un blockhaus en bord de mer, qui forme un labyrinthe souterrain. Les couloirs sont mal éclairés, et les jeunes novices s'y perdent régulièrement, pour le plus grand plaisir des habitués des lieux. Le bâtiment n'abrite pas que l'Instance, c'est aussi le premier sasse d'entrée de l'Asilium qui se trouve dans les sous-sols. L'ambiance générale y est oppressante.

Nirta et Nox sont dans le bureau de Démonus et énumèrent les noms des nouvelles recrues de la nuit. La pièce est éclairée par des lampes diffusant une lumière rouge. L'endroit est plongé dans une demi-osbcurité. La pièce n'est pas très grande, meublée d'un simple bureau avec un ordinateur qui illumine le visage ténébreux de l'élu, deux chaises font face à un fauteuil. Leur chef ne les écoute pas vraiment. Il est préoccupé par cette bande de rebelles qui lui tape sur les nerfs. Il déteste que l'on se permette d'aller contre la Loi, et donc de lui résister. S'il tenait entre ses mains ce Tanguy, il prendrait un malin plaisir à lui faire vivre l'enfer avant de le changer en imp, un petit diablotin. Ensuite il le promènerait en laisse pour lui apprendre l'obéissance.

Bien qu'il n'y est pas de grandes difficultés à rallier des jeunes à la cause démoniaque, il sent que ça ne va plus comme avant. Il y a de plus en plus de jeunes démons qui regrettent leur choix au bout de quelques semaines. Quelque chose est en train de bouger. Quand il a pris ses fonctions, 5 ans auparavant, sa prédécesseuse lui avait dit que tôt ou tard, la Loi devrait être changé ou supprimé. Les enfants ne pensent plus comme les anciens. Ils veulent vivre avec moins d'obligation. Ils n'ont plus la capacité d'engagement d'autrefois.

Il coupe court au rapport. De toute façon, c'est toujours la même rengaine avec ces deux-là. La démone est particulièrement efficace pour faire signer n'importe quoi à n'importe qui. Sans elle, Nox ne ramènerait pas grand-chose. Nirta est une démone de la luxure, chat humanoïde, aux formes pulpeuses. Elle porte une robe rouge très sexy sur sa peau d'ébène. Elle a des yeux de chat vert émeraude, et une immense chevelure noire lui tombant au bas des reins. Membre de la garde infernale depuis un certain nombre d'années, elle prend plaisir à séduire les hommes. Nox fait pâle figure à côté d'elle. Démon de faible envergure, il présente une peau rouge écarlate. Il a tout d'un petit diable, les cornes et la queue en prime. De taille moyenne, il porte un t-shirt moulant un torse musclé et un jean délavé. Démonus les observe un instant, il a peut-être une idée. D'après ses espions, il y a parmi les rebelles un homme sensible aux charmes des femmes, et il a une sœur dont il semble assez proche. Ils sont issus d'une famille de démons, le test du garçon montre clairement des prédisposions malignes. Il y a une possibilité de faire éclater ce groupe d'individus récalcitrants.

« - Nirta ! Je veux que tu espionnes ce groupe de dissidents. Repère le maillon faible, un certain Gaétan, et ramène le ici. Cela devrait ébranler ce cher Tanguy, annonce Démonus, avec une lueur de malice dans les yeux.

- Quoi ? S'énerve immédiatement Nox. Les gosses sont déjà chiants à convertir avec Nirta. Si j'suis tout seul, bonjour la galère.

- Calme-toi, Nox. Je vais te trouver un autre équipier. En attendant, je te mets au repos. Cela te convient-il ? Cajole son supérieur.

- Mouais, OK. Merci. Mais c'est toujours les mêmes qui ont les missions spéciales.

- Peut-être parce que leur efficacité n'est plus à prouver », siffle Démonus, à bout de patience.

Nox sait qu'il est aller trop loin. Il sort rapidement avec sa collègue, laissant leur chef seul. Qu'est-ce qu'il ne faut pas faire pour qu'ils obéissent maintenant ? Démonus est agacé par le comportement des nouveaux démons. Ils sont beaucoup moins manipulables que les anciens, et se rebellent pour un rien. Avant on lui obéissait au doigt et à l'œil. Un geste, et on s'exécutait dans l'instant. Aujourd'hui, il est parfois obligé d'utiliser son pouvoir de persuasion pour obtenir ce qu'il veut. C'est fatigant. Nox est jeune, et bien qu'il soit le partenaire de Nirta depuis 2 ans, il ne semble pas progresser dans l'art du recrutement. C'est affligeant.

Pour l'heure, la priorité est de rassembler un maximum d'informations pour mieux comprendre la situation. Démonus sait que la succube ne devrait pas avoir de difficultés à se rapprocher de la Faction. Elle devra les espionner quelques heures avant de passer à l'attaque. Difficile d'appliquer les techniques habituelles pour le coup. Démonus est rusé et calculateur, il a toujours su obtenir ce qu'il voulait avec une extrême douceur. Il aime à appliquer cette devise qu'il adore : « sans arme, ni haine, ni violence. » Il espère bien avoir trouvé une faille à exploiter. Une fois ce Gaétan converti, sa sœur devrait suivre de prêt.

Par chance, Tanguy ne semble pas faire beaucoup d'adeptes. A moins qu'il ne cherche pas à recruter, mais plutôt à convertir dans les cœurs en insufflant des idées révolutionnaires aux jeunes. Si, c'est le cas, le problème sera plus compliqué à résoudre.

Aux dernières informations, le groupe n'était composé que de quatre membres, rejoint depuis deux jours par deux personnes. Gérald lui échappe depuis un peu trop longtemps, Démonus va être obligé de le faire venir de force. La loi, c'est la loi. Et il ne supporte pas qu'on l'enfreigne, il considère que c'est un affront à sa propre personne. Une fois l'action de Nirta accomplie, il lui enverra directement une brigade, finit la chasse à l'homme, le jeu du chat et de la souris a trop duré avec celui-là.

Un petit démon trapu et assez âgé pénètre dans le bureau après avoir frappé à la porte. Il vient déposer une liasse de papier, puis s'en retourne aussitôt. L'élu s'empare des rapports d'informations de ses espions. Il pousse un juron tonitruant en découvrant qu'Ilios a réussi là où ses équipes ont échoué. Gérald a finalement rejoint l'Instance Céleste. Il va vraiment falloir resserrer la vis avec ses équipes. Une telle incompétence n'est pas tolérable. C'est même humiliant pour Démonus. « Ils sont l'incarnation du Mal sur cette planète, et ils ne sont même pas capables de récupérer un vulgaire gamin. Et un ange débarque de nul-part, et pouffe il le prend sous son aile. Tu parles d'une équipe de démons, c'est pathétique ! » fulmine l'élu infernal.

Un deuxième blasphème suit le premier quand il découvre le nom de la seconde personne ayant rejoint la Faction, Marine. Démonus plonge alors pendant un instant dans ses souvenirs. A l'époque il était sur le point d'entrer dans l'Instance Infernale. Il revoit la petite fille en robe rose avec de longues nattes qui courait derrière Huranos, la sœur de son ami. Elle était tout le temps avec eux, jusqu'au jour où ils sont entrés dans les rangs de leur Instance respective pour intégrer les gardes, avec l'objectif d'atteindre le sommet de sa hiérarchie. Le temps a passé. Elle est maintenant en âge de rejoindre à son tour les anges. Alors que fait-elle avec ces rebelles ? Il la considérait comme sa petite sœur, hors de question que du mal lui soit fait. Il faudra être prudent. Tout cela va compliquer la mission. Démonus se lève et commence à faire les cent pas dans la pièce, espérant trouver rapidement une solution pour forcer Tanguy à signer son contrat, sans toucher à Marine.

CHAPITRE 9

La matinée se passe tranquillement au refuge. Gaétan est sorti avec Gérald depuis plusieurs heures déjà. Il doit faire une représentation dans un petit bar dans quelques jours, et devait en discuter avec le patron. Zita et Marine échangent sur leurs métiers. Marine raconte ses mésaventures avec certains clients peu sympathiques à l'épicerie.

« - Il m'arrive parfois de m'ennuyer. Je ne sais pas si j'ai choisi le bon métier. Ce serait génial, si on pouvait apprendre un autre travail une fois adulte, si celui que l'on fait ne nous plaît plus.

- C'est vrai que le système aurait besoin d'être dépoussiéré, rigolent Zita et Tatiana.

- Moi je n'ai aucune envie de continuer à danser pour les spectacles de mon frère. C'est gênant tous ces mâles qui vous déshabillent du regard, se plaint la gitane.

- Mais il faudrait pour ça que quelqu'un ose en parler, fasse des analyses, questionne la population pour connaître l'opinion général, avant de proposer un référendum, répond Tanguy.

- Et voilà le professeur Tanguy qui fait son grand retour... » plaisante Tatiana en levant les yeux au ciel.

Tanguy rougit devant la moquerie de l'Elfe. Zita narre la fois où un spectateur a essayé de l'embrasser. Sauf qu'elle avait réussi à éviter l'importun qui est tombé sur Gaétan, et s'est retrouvé bouche à bouche avec lui. A ce final, tout le monde éclate de rire.

Tatiana était une aventurière-marchande. Avec Tanguy, ils ont parcouru quelques temps les Terres Sauvages pour ramener des produits exotiques, essentiellement des denrées alimentaires, avant que les autorités ne rappellent à Tanguy son obligation. Elle leur raconte les peuplades qu'elle côtoyait pour faire commerce, les dangers qu'ils devaient affronter. La vie était difficile, mais riche en émotion. Tanguy raconte lui aussi sa vie avec l'Elfe, les autres villes qu'ils ont appris à connaître. Pour lui, le plus pénible était d'être toujours sur les routes sans pouvoir vraiment fondé un foyer. Il aimerait pouvoir retourner à Sylralei et devenir professeur. Avec tous les livres et grimoires qu'il a lu, il est devenu une encyclopédie à lui tout seul. Il rêve d'enseigner ce savoir.

L'arrivée brutale de Gaétan, seul, met fin à ces joyeuses confidences, et ramène l'assemblé à la réalité. Il est complètement essoufflé d'avoir couru. Il se précipite sur Tanguy pour lui expliquer ce qu'il s'est passé.

« Alors qu'on sortait de chez mon pote, y'a cet ange. Ce Ilios là. Il a débarqué de nul-part. Il nous est tombé dessus. Rien pu faire. J'suis désolé. L'emplumé n'arrêtait pas de parler. Et Gérald, lui, il buvait ses paroles. Une vraie hypnose. Ilios avait les yeux rivé sur l'gars, tu vois. Quand j'ai compris la manœuvre, le mec était déjà embrigadé. » Gaétan n'a rien fait pour essayer de récupérer son collègue, mais ça, il ne peut pas l'avouer à ses camarades. Il est parti en courant quand l'ange a commencé à parler de Marine, qu'il voulait lui parler, que son chef exigeait de la voir le soir même. La jeune femme tremble légèrement depuis qu'elle a entendu le nom de son ancien fiancé.

Cette information inquiète Tanguy, jamais Huranos ne s'intéresse directement à une personne en particulier, alors pourquoi Marine ? Par chance, Gérald n'a pas eu le temps d'apprendre beaucoup de choses sur la Faction. Toutefois ce refuge est compromis, et les anges peuvent débarquer à tout moment. Il faut évacuer les lieux. Tanguy a manqué de vigilance. Il n'aurait pas dû amener directement ces inconnus au refuge, surtout en ayant un doute sur l'un d'eux. Ils doivent partir au plus vite, ou ils finiront tous à l'Asilium pour non respect de la Loi, et ne pourront en sortir que s'ils signent un contrat avec une des Instances. Ils rassemblent leurs affaires. Tanguy, aidé de Tatiana, ramasse tous ses papiers. Marine est sous le choc. Elle n'aurait jamais imaginé que son frère soit capable d'un tel acte envers elle. Depuis le décès de leurs parents, ils ne se sont pas vus plus d'une dizaine de fois, et maintenant il veut faire preuve d'autorité sur elle. Pourquoi ?

Ils viennent tout juste de quitter le refuge quand un démon arrive sur les lieux. Nirta va devoir les pister pour retrouver leur trace. Que la chasse à l'homme commence ! Elle sent que cette mission va être très amusante. Elle s'en lèche les lèvres de délectation.

Alors qu'ils se dirigent vers un petit marché couvert, Lucia fait son apparition devant le groupe. Marine sursaute en la voyant. Cela fait plusieurs semaines qu'elle n'a pas revu son amie. Mais elle se remet vite de sa surprise, et commence à comprendre ce que son frère exige d'elle. Il l'a certainement fait espionner. Elle s'en veut d'avoir mis en danger Tanguy et les autres. Comment les aider maintenant ? Lucia essaye de parler à Marine. Elle la supplie de venir voir Huranos, l'ange tremble légèrement en évoquant l'élu. Mais son amie refuse de l'écouter. La soumission, voilà ce qui attend les gens qui choisissent l'Instance Céleste. Se plier à un ordre établi, faire profil bas, rentrer dans le rang, Marine ne peut l'accepter. Elle veut vivre sa vie comme elle la sent, pleinement, sans restriction. Face à la colère naissante de Marine, Lucia fond en larmes et tombe genoux à terre.

Elle se lamente : « Huranos et toi, vous êtes pareils, tous les deux, habités par la même colère destructrice. Vous n'êtes pas frère et sœur pour rien ! »

Marine recule d'un pas devant cette annonce faite devant les autres. Ces derniers se retournent pour avoir une explication. Huranos la fait sûrement surveiller et traquer. Elle doit régler ses comptes avec lui une bonne fois pour toute. Elle doit quitter le groupe au plus vite. Mais Tanguy s'oppose à son départ. S'il a bien compris la situation, Marine est la sœur de Huranos, et il exige qu'elle le rejoigne, ce qui explique pourquoi il s'intéresse à elle en particulier. Mais il n'a pas donné de précision sur la disposition de Marine. L'ancien alchimiste a peut-être une idée. Il se demande si Marine serait capable de faire pression sur son frère. Peut-être qu'elle pourrait obtenir au moins une révision de la loi. Et puis c'est l'occasion rêvée pour pénétrer les bureaux de l'Instance Céleste. Seule la garde céleste y a accès, et elle est tenue au secret. Au pire, il pourra toujours utiliser la jeune fille comme moyen de pression. Il fait un signe à Gaétan, qui s'empresse d'aider Lucia à se relever. Marine, qui s'est calmée, vient consoler son amie. La proposition de Tanguy est risquée. Il va falloir réfléchir à une stratégie avant de se jeter dans la gueule du loup. Et il n'est pas dit que l'élu céleste prenne le temps d'écouter leurs doléances. Il faut gagner un peu de temps. Marine va faire passer un message à son frère pour qu'il lui accorde jusqu'au lendemain pour venir le voir. Tatiana n'est pas rassurée, jusqu'à présent, ils convertissaient des jeunes en discutant avec eux, pas de recrutement, pas d'intervention directes. C'était une forme de pression souterraine sur les deux Instances. Mais là, c'est aller dans un nid de vipères. Ils finissent par s'accorder sur le fait que Marine ira voir son frère, accompagnée de Tanguy et Tatiana. Il est préférable que les gitans restent en dehors de tout ça. Ils demandent à Lucia d'annoncer à Huranos que sa sœur lui rendra visite le lendemain en fin de journée. Marine espère sincèrement que le stratagème fonctionnera.

CHAPITRE 10

Dans les bureaux de l'Instance Infernale, Démonus a convoqué Nirta, ainsi qu'un puissant démon, Skotinos, très grand, teint violet, forte musculature, vêtu d'un simple jean et de baskets, membre de la garde diabolique, son pouvoir est lié à l'électricité. Nirta et Skotinos se connaissent depuis longtemps. Ils ont déjà travaillé ensemble, et forment une bonne équipe. La démone a un faible pour son collègue qui ne le lui rend pas, il préfère les hommes. Mais ils s'apprécient beaucoup malgré leur différents.

Ils échangent sur la mission du jour. La démone a passé la fin de la matinée à traquer le petit groupe de rebelles. C'est fou comme si peu d'individus peuvent remettre en doute un système vieux de plusieurs siècles. Ils ont bien remarqué que la situation actuelle met Démonus particulièrement à cran. Ils savent combien leur patron aime qu'on lui obéisse. Après avoir déambulé dans les couloirs labyrinthiques du bâtiment, ils arrivent devant la porte de l'élu infernal. Ils toquent avant de pénétrer dans la pièce. L'ambiance y est encore plus pesante qu'à l'accoutumée. Et si c'était possible, Démonus serait encore plus sombre.

N'ayant aucune envie de s'éterniser dans les lieux, Nirta relate immédiatement les derniers renseignements qu'elle a recueilli sur la Faction.

Leur chef écoute attentivement les informations récoltées par la démone. Cette fois Démonus se crispe, il arrête les enfantillages et passe aux choses sérieuses. Ce gitan sera une proie facile pour Nirta. Sa sœur est très proche de lui, si l'un tombe l'autre tombe avec, c'est confirmé. Leur décision de rencontrer Huranos le gène un peu, mais c'est peut-être le moyen de sortir Marine de l'équation. Heureusement, ils n'iront le voir que demain. Ses subalternes devront agir dès ce soir. Voila qui devrait ébranler les certitudes de Tanguy. Mais un doute subsiste, il a connu l'ancien alchimiste pendant son apprentissage au temple. A l'époque, il remettait déjà en question la Loi du Choix. Toujours accompagné de son amie Elfe, il passait de longues heures à lire d'anciens textes sur les origines du monde. Il voulait comprendre pourquoi seuls les Humains étaient contraints par cette obligation. Est-ce qu'il aurait découvert quelque chose ? Ce n'est que le jour où Démonus a pris ses fonctions d'élu, qu'il a été informé de l'existence de la légende expliquant l'origine du système. Tanguy l'aurait-il trouvé dans les grimoires ? Si c'est le cas, il sera difficile de le faire renoncer. Peut-être vaudrait-il mieux envisager une autre voie ? Que peut-on négocier avec ce genre d'homme ? Bien que l'idée le répugne, il devra peut-être accepter l'idée que ses troupes commettent quelques méfaits. Après tout, ce sont des démons. S'il fait peser une menace de mort sur Tatiana, Tanguy se pliera sûrement à la Loi. L'idée révulse Démonus. Même si ce n'est qu'une menace, il a horreur de ce genre de procédé. Depuis qu'il est en poste, il a tout fait pour que plus aucun démon ne tue. Au début, ils l'ont cru faible ou bizarre, mais il a su endormir les esprits pour parvenir à ses fins. Le taux de meurtres a d'ailleurs fortement chuté grâce à ça. Et ceux qui refusaient d'obéir finissent leurs jours enfermés au plus profond de l'Asilium.

Skotinos et Nirta attendent patiemment que leur patron leur donne de nouvelles directives. Ils sont habitués aux longues minutes de silence. Ils savent que dans ces moments-là, Démonus est souvent en train d'élaborer la prochaine stratégie à appliquer.

Après un instant donc, l'élu regarde les deux démons. Un éclair de perfidie illumine son regard. Finalement ce sera un plan très simple qui a déjà fait ses preuves. Nirta va suivre le groupe. Elle fera tout pour isoler Gaétan et en faire ce qu'elle veut. Il ne devra pas refaire surface avant d'avoir signé avec l'Instance. Une fois cette partie réussie, Skotinos n'aura plus qu'à annoncer la déchéance du gitan à sa sœur, de préférence devant tout le groupe pour plus d'impact.

« - Patron, peut-on se contenter de faire signer un contrat à ce type ? Interroge Skotinos. Alors que depuis un an, il nous nargue. Une petite correction bien placée ne serait-elle pas une bonne idée ?

- Il n'en est pas question ! S'insurge Nirta. Avec tes gros bras, tu vas tout me le casser. Et je ne pourrai plus rien en faire.

- Je t'en laisserai suffisamment pour que tu puisses t'amuser, ricane le démon. Nirta le fusille alors du regard.

- Il est vrai que ce mioche défit mon autorité depuis trop longtemps, lance doucement Démonus, presque pour lui-même. Mais tu sais que je déteste la violence physique, Skotinos. Poursuit-il sur le même ton. Toutefois, un exemple de temps en temps peut être une bonne piqûre de rappel pour les autres. Aussi. Exceptionnellement. Je vous donne carte blanche à tous les deux.

- Merci, Patron.

- T'as pas intérêt de le tuer ! Envoie Nirta à l'attention de Skotinos, en lui donnant un violent coup de poing dans le bras.

- Je peux te le laisser au bord de la mort ? » réplique-t-il en éclatant de rire, l'agression physique n'ayant pas eu plus d'effet qu'une piqûre de moustique sur le colosse.

Un deuxième point est abordé. Skotinos devra bien faire comprendre à Tanguy que s'il ne renonce pas à ses actions, c'est sa chère Tatiana qui en fera les frais. L'homme devrait normalement se remettre en question par amour pour son Elfe. En toute logique, il finira par choisir un camp pour protéger sa belle.

Enfin, une dernière chose reste à voir. Comment expliquer aux deux démons qu'ils ne doivent en aucun cas toucher à Marine ? La présence de la jeune fille dans ce groupe est particulièrement agaçant. Il est vrai que ces derniers temps, elle a fait preuve d'un tempérament plutôt emporté. Et ce n'est pas pour lui déplaire. Ce serait un vrai coup dans le nez de Huranos s'il recrutait sa sœur. Mais le chef de l'Instance Infernale est-il capable d'accepter de la voir être transformée en démone. Un fort caractère ne suffit pas à faire de vous un monstre. La Loi n'a pas été créée pour ce genre de coup bas, mais pour protéger Manikhaïos du danger que représentent les Humains. Il ne peut tomber dans une telle bassesse, même si l'idée est très tentante. Au final, Démonus signale la présence d'une autre jeune fille dans le groupe. Il préfère rester évasif sur son identité. Il explique qu'elle est dans l'âge du Choix. Tout comme la gitane, son test ayant révélé une âme plutôt angélique, il n'y a aucune raison d'essayer de la convertir. Ce serait perdre du temps avec une personne qui n'aurait pas sa place avec les démons, et qu'on finirait par devoir interné. Il convient donc de ne pas intervenir la concernant, sans pour autant la protéger des actions sur les autres. Ça l'aidera à se décider plus vite à signer avec les anges. Inutile d'avoir des rebelles potentiels dans la nature en plus de ceux qu'il faut déjà gérer.

Les ordres étant donnés, Skotinos et Nirta partent se préparer au plus vite, car la journée est déjà bien avancée, et il faut retrouver le groupe au plus tôt. Les deux démons se retrouvent dehors en début de soirée. Nirta ayant traqué le groupe pendant la matinée, elle sait où se trouve leur refuge actuel. Ils s'y rendent en espérant trouver une opportunité pour entrer en contact avec eux.

CHAPITRE 11

Lucia est retournée auprès de Huranos pour transmettre le message. Au fond d'elle, elle espère sincèrement que son amie signera les papiers, et que tout ceci ne sera plus qu'un mauvais rêve. Après tous les rebondissements de ces dernières heures, Gaétan meurt de faim. En plus, avec l'évacuation précipitée du premier refuge, ils ont sauté le repas du midi. Et il a horreur de ça. « Allons manger un morceau quelque part ! », lance Gaétan toujours aussi insouciant. Il ne se pose pas de questions sur les derniers événements de la journée. Il laisse ça à Tanguy. Après tout, ça les détendra un peu, surtout Marine qui continue à rager contre son frère.

Tatiana réfléchit à la mission qu'ils se sont donnés, et se demande comment ils peuvent assurer leur sécurité. Une fois dans les lieux, il leur sera difficile de ressortir. Marine propose de mettre leur téléphones portables en mode enregistreur, au moindre pépin ils pourront tout diffuser sur les réseaux sociaux. Ensuite elle servira de monnaie d'échange en quelques sortes, leurs libertés contre sa soumission à l'Instance. Tanguy et Zita ne sont pas d'accord, mais Tatiana pense que c'est la meilleure solution, et vu que personne n'a d'autre idée à proposer, ce sera le plan appliqué. Rentrer dans l'immeuble, et ressortir grâce à Marine. Comme décider plus tôt, seuls Tanguy et Tatiana l'accompagneront. L'Elfe n'a rien à craindre des anges à part une tape sur les doigts parce qu'elle n'a rien à faire là. Le chef de la Faction prend beaucoup plus de risques. Mais c'est lui qui est à l'origine de ce mouvement contestataire, alors il doit en assumer les conséquences. Maintenant que chacun sait les dispositions pour le lendemain. Ils acceptent avec plaisir la proposition de Gaétan.

Comme ils sont dans le quartier où vit Marine, elle leur indique un petit restaurant qu'elle connaît bien. A quelles rues du nouveau refuge, se trouve le « Tout feu tout flamme ». Il propose des grillades cuites au feu de bois. Il faut le connaître pour le trouver car rien n'indique sa présence. Le petit groupe rentre dans la salle presque vide. Un démon vient les accueillir. Une fois attablés, ils prennent le temps de lire la carte avant de passer commande de quelques grillades de poissons et de légumes. L'intérieur est assez petit. Un comptoir derrière lequel le démon fait sa cuisine devant chacun. Seulement trois tables remplissent l'espace restant. L'une d'elles est occupée par un couple d'anges qui ne semble pas faire attention au groupe.

Dans une ruelle adjacente à l'établissement, une magnifique femme aux allures félines observe. Elle est en chasse. Ce Gaétan lui paraît facile à appâter. Elle entre à son tour dans le restaurant. Elle se place au comptoir, tournant partiellement le dos à notre équipe. Elle commande un steak saignant. Elle fait onduler sa longue chevelure. De temps en temps, notre chasseuse jette un coup d'œil vers Gaétan. Au bout de quelques minutes, elle capte l'attention de notre play-boy. Le jeu de séduction se met rapidement en place. Quelques regards langoureux. Une gestuelle bien rodée. Le piège se referme doucement sur sa proie. Peut-être trop facilement ? Nirta n'y fait pas attention. Elle est sûr d'elle. Gaétan finit par se lever de table pour la rejoindre. Il entame la conversation. Zita est prête à bondir sur son frère. Mais Tatiana la retient, elle a bien vu que pour une fois c'est lui qui s'est fait aguicher. Elle pense qu'il est temps pour le gitan de payer le prix de son comportement irrespectueux. Sa sœur ne pourra pas toujours être là pour veiller sur lui. Les deux tourtereaux finissent par sortir ensemble de l'établissement. Mais Zita a un mauvais pressentiment, ça la rend folle d'inquiétude.

Dans la ruelle, un autre démon patiente. Skotinos est en embuscade près à frapper ce rebelle. Enfin Nirta finit par se montrer avec le condamné. Le démon se prépare à attaquer, quand il remarque quelque chose d'étrange. La démone ne lui fait aucun geste, aucun signal. Il n'est pas dans les habitudes de la succube de manquer à son devoir. Elle n'a jamais eu de pitié pour ses victimes. Puis il comprend. Le regard de Nirta a changé. C'est avec des yeux remplis d'amour que Nirta dévore Gaétan. Elle est devenue sa propre victime. Skotinos ne peut se résoudre à le massacrer. Tout démon qu'il soit, il sait ce que c'est d'aimer. Et il ne supporterait pas qu'on s'en prenne à son cher Nox. Tant pis pour les ordres, il ne craint pas Démonus. Dommage, lui qui avait négocié de pouvoir donner un correction à ce gamin, il en est privé. Enfin, qui peut dire combien de temps ça durera entre eux ? La succube se lasse vite de ses victimes. Le résultat est que le gitan soit occupé suffisamment longtemps pour que sa sœur le croit perdu. Pour l'instant, il va se délecter des larmes de Zita.

Tanguy, Tatiana, Marine et Zita finissent par sortir à leur tour. La gitane est au bord des larmes. Elle a peur pour son frère. Marine essaie de la calmer, sans vraiment croire à ses propres paroles. Skotinos ne perd pas une seconde, et vient se planter devant eux.

« Salut les jeunes ! Mais dites-moi, il ne manquerait pas quelqu'un parmi vous ? Sais-tu avec qui ton frère est sorti tout à l'heure ? » demande-t-il en montrant du doigt Zita.

L'inquiétude montent d'un cran. Elle n'en a aucune idée. Skotinos savoure. Il prend plaisir à voir la peur et le doute voilés les yeux de ses victimes. « Elle est à point, savoure-t-il. Laissons tomber le couperet. »

Son regard électrique braqué dans celui de Zita, il lui explique : « Tu as déjà entendu parler de Nirta, cette magnifique succube qui se délecte des hommes comme ton frère ? Quand la belle en aura fini avec lui, il aura perdu sa belle gueule pour devenir un démon. C'est le prix que va payer ton dépravé de frère pour s'être intéressé à la mauvaise fille. » C'en est trop pour la gitane qui s'écroule au sol. Elle a perdu son frère, sa seule famille. Skotinos éclate d'un rire tonitruant. La gitane a le cœur brisé.

Avant de partir, le démon prend le temps de regarder Tanguy et Tatiana.

« - Quant à toi, Tanguy ! Prends garde. Comme tu le vois un malheur est si vite arrivé, et ta jolie petite Elfe pourrait être la prochaine.

- C'est une Elfe. Les Instances n'ont pas le droit de s'en prendre à elle, s'emporte Tanguy.

- Tu crois ? Tu sais, notre chef fait son possible pour que les démons ne tuent pas. Mais nous ne sommes pas toujours contrôlables. Réfléchis à tes choix avant qu'il n'arrive quelque chose. »

C'est sous les regards effrayés des uns et des autres, que Skotinos replonge dans la nuit dont il était sorti.

Marine réfléchit à toute vitesse. Elle ne peut pas laisser ses nouveaux amis dans cette situation. Vu qu'ils sont proches de chez elle, ils y passeront la nuit. Au matin ils réfléchiront comment récupérer Gaétan, en espérant qu'il ne soit pas trop tard. Elle s'approche de Zita et la prend par le bras pour la forcer à se relever. Tatiana et Tanguy sont également en état de choc. Jamais ils s'étaient imaginés qu'il y avait le moindre danger pour l'Elfe. Face à cette situation de stress, Marine fait preuve d'un calme incroyable. Elle guide l'équipe vers chez elle, en espérant ne pas être surveillée par les sbires de son frères, ou ceux de Démonus.

CHAPITRE 12

Le quatuor arrive chez Marine. Bien que son appartement ne soit pas très grand, elle peut quant même coucher tout le monde. La soirée a été particulièrement éprouvante pour chacun. Zita n'arrête pas de pleurer. Elle est désespérée d'avoir perdu la seule famille qui lui restait. Elle a peur de la solitude. Tanguy tremble pour sa compagne. Il commence à douter du bien fondé de leur action. Il n'a jamais envisagé que Tatiana pourrait être en danger. Cette dernière essaye de le rassurer en lui rappelant tous les dangers auxquels ils ont déjà été confronté. Quant à Marine, elle-aussi, est inquiète. Est-ce que la garde de son frère aurait déformé ses propos ? Ou est-il vraiment en colère contre elle ? Elle propose à chacun un petit remontant avant d'aller se coucher, même s'il y a fort à parier qu'ils auront bien du mal à trouver le sommeil.

Après une nuit agitée, chacun se lève le regard triste et hagard. Le doute règne dans la pièce baignée de lumière par le soleil levant. Ils essayent d'avaler un petit-déjeuné dans un silence pesant. La douce odeur de café et de pain grillé ne suffit pas à leur remonter le moral. Ils ne savent plus si c'est une bonne idée de s'attaquer à l'Instance Céleste. Le risque est devenu si réel d'un seul coup. Pourtant la menace venait des démons. Peuvent-ils espérer plus de clémence de la part des anges ?

On frappe alors à la porte. Tout le monde sursaute et se tourne vers Marine. Qui peut venir lui rendre visite à une heure aussi matinale ?

Elle ouvre doucement la porte, et découvre deux anges qui se présentent au groupe, confirmant par la même occasion la surveillance de Marine. Ilios et Angélicus pénètrent dans l'appartement sans même y avoir été invités. Tatiana se met sur la défensive. Elle a peur qu'ils ne soient là pour l'homme qu'elle aime. Tanguy tente de la calmer un peu. Les anges saluent l'assemblée. Ils rassurent l'Elfe en lui disant qu'ils sont seulement venus discuter. Marine est restée près de la porte, stupéfaite par la situation qui devient irréaliste. Angélicus s'approche de Zita qui est encore sous le choc. Il lui chuchote doucement : « Tu n'es pas seule, Zita. Nous pouvons t'aider à passer cette épreuve. Nous comprenons ta douleur. » La jeune fille craque et se jette dans ses bras. Il lui sourit et la serre contre lui dans un geste de réconfort. D'une main il lui caresse doucement les cheveux en signe de bienveillance. De l'autre, il fait un mouvement de poignet qui active son pouvoir. Marine n'a pas le temps de réagir, ni personne d'ailleurs. Un éclair de lumière envahit la pièce. Il est trop tard. Zita a été emportée par Angélicus vers l'Instance Céleste. En effet les anges ont la capacité de se téléporter vers n'importe quel lieu de leur choix. L'action a été trop soudaine. Alors qu'elle a les yeux fixés sur l'espace vide où se tenait Zita quelques secondes auparavant, Marine sent une main sur son épaule, elle sursaute. Elle a oublié qu'ils sont venus à deux. Elle se retourne et fait face au deuxième ange. Des souvenirs, longtemps refoulés, lui reviennent en mémoire à ce contact.

Ilios se tient à ses côtés. Il vient de lui annoncer qu'il va intégrer la garde céleste. Il aimerait qu'elle le rejoigne. Elle refuse.

La jeune femme est troublée par la présence de l'homme qu'elle n'a jamais cessé d'aimer. Mais sa soif de liberté a toujours été plus forte, et c'est elle qui a rompu leurs fiançailles.

Tatiana est prête à bondir. Ignorant leur passé commun, l'Elfe ne peut comprendre le trouble de la jeune femme. Elle pensait Marine plus forte, digne de leurs idées, de leur groupe. A-t-elle oublié les engagements de la veille ? Elle est déçue. Parvenant à échapper à Tanguy, elle vient frapper Marine en plein visage. Celle-ci tombe à terre sous l'impact. Alors qu'Ilios s'apprête à répliquer, Marine se relève et s'interpose. Dans son regard, on peut y lire toute la détermination dont elle est capable. Ce coup de poing lui a rappelé les décisions prises la veille. Elle a fait son choix et ne reviendra pas en arrière.

Perturbée par la présence d'Ilios, elle avait oublié le plan. L'occasion est trop belle pour la laisser passer. Ils ont leurs tickets d'entrée pour l'Instance Céleste, et même le bureau de son frère. Elle doit protéger Tanguy et Tatiana. Elle a promis d'aller voir son frère aujourd'hui. Elle regarde ses amis, leur sourit, une lueur de malice dans le regard. Elle se tourne vers son ex-fiancé pour lui demander de l'emmener à l'Instance Céleste. Mais avant elle veut rester seule un instant avec ses compagnons pour leur expliquer sa décision. Ilios n'y voit aucun inconvénient, et les laisse seuls quelques minutes. Ça ne change pas grand chose pour lui. Il a réussi sa mission de faire venir Marine auprès de Huranos. Son patron ne pourra que le féliciter, et peut-être qu'il sera un peu plus détendu par la suite. Parce qu'avec toutes ces histoires, il est devenu particulièrement agressif envers ses subalternes.

L'ange parti, Tatiana ne perd pas une minute pour vomir toutes les injures qui lui passent par la tête. Marine ne l'écoute pas et se tourne vers Tanguy.

« - La présence d'Ilios va nous faciliter la tâche pour rentrer dans l'immeuble. Si nous lui disons que nous sommes prêts à rentrer dans le rang, il nous conduira directement à mon frère.

- Et qu'est-ce qui te fait croire une chose pareil ? Même si ton frère veut te récupérer, ce n'est pas le cas pour Tanguy. Il le jettera directement à l'Asilium. Aboie Tatiana.

- C'était ce que nous avions convenu hier,pourtant. Et je te rappelle que Gaétan et Zita ont été embrigadés. Il n'y a plus que nous pour agir, pour espérer un changement.

- Huranos ne va pas être facile à convaincre.Même si tu es avec nous, réplique Tanguy. Nous ne l'impressionnerons pas. La négociation sera difficile. Nous devrons le forcer à reconnaître que la Loi du Choix n'a plus sa place pour les nouvelles générations.

- Au pire, j'ai peut-être un moyen de pression sur lui, mais je préférerais éviter de l'utiliser.

- Il nous faudra trouver le bon moment pour allumer nos téléphones en mode enregistrement », rappelle Tatiana qui sait calmée, en écoutant les propos de la jeune fille.

Même si elle est sa sœur, Huranos voudra sans doute forcer Marine à signer son contrat avec l'Instance Céleste. Il est vrai que l'attitude de son frère l'a un peu déstabilisée. Il n'a jamais été en colère contre elle. Mais au fond d'elle, elle est persuadée d'être sur le bon chemin. En plus elle a ce moyen de pression. Huranos l'ignore, mais sa sœur est au courant de certains de ses secrets les plus inavouables. En particulier celui à l'origine du refuse de Marine de choisir entre le Bien et le Mal, et de ses convictions personnelles. Elle n'avait que 8 ans quand son frère et son meilleur ami ont reçu le résultat de leur test, et qu'ils ont pris leur décision. Ce moment est resté graver dans sa mémoire. Ils ne la voyaient pas cacher derrière la porte. Elle a tout entendu.

Elle sort de ses souvenirs. Elle vérifie la batterie de son téléphone, pour pouvoir enregistrer tout ce qui se dira dans le bureau de l'élu. La suite sera une bataille de charisme. Huranos doit absolument accepter ses demandes : ne plus être obligé de choisir, et laisser Tanguy et Tatiana libre.

CHAPITRE 13

Alors qu'ils sont en route pour l'Instance Céleste, Ilios jubile. Son chef va le féliciter, il sera sûrement récompensé. En plus sa fiancée est avec lui dans le Bien. Quel gâchis, tout ce temps perdu à cause de son entêtement. Mais ils vont pouvoir se remettre ensemble. Et peut-être que Marine acceptera de se marier avec lui, puisqu'elle aussi sera un ange. Il imagine déjà la cérémonie de mariage avec toute l'Instance Céleste autour d'eux. Ils pénètrent dans l'immeuble. Quelques anges sont présents et dévisagent les intrus. Tout à sa rêverie, Ilios leur prête à peine attention et conduit le trio à l'ascenseur qui les mènera au dernier étage de l'immeuble. Lors que les portes s'ouvrent, il se dirige aussitôt vers une porte sur laquelle est accrochée un petit écriteau annonçant le bureau de l'élu. Ilios va pour frapper, mais entend la voix de son chef. Il tend l'oreille pour savoir s'il peut interrompre la conversation en cours ou pas. Ilios n'arrive pas à savoir avec qui son supérieur discute. Il semble être au téléphone. S'il le dérange maintenant, son chef pourrait mal réagir ? Huranos a un tempérament explosif, voir colérique. Tout à ses réflexions, il a oubli que Marine et ses amis sont à ses côtés. Eux-aussi ont entendu. Par les brides de conversations captées, la sœur de l'élu a compris avec qui il parle, mais elle ne dit rien.

Elle se tourne vers ses amis pour savoir quoi faire. Tanguy lui montre son téléphone. Elle active aussitôt le mode enregistrement. Tatiana, qui ronge son frein depuis un moment, est sur le point d'exploser. Ilios hésite visiblement à pénétrer dans la pièce au risque de déranger son supérieur.

De l'autre côté de la porte, Huranos est effectivement en visioconférence, ignorant qu'il est écouté. Il discute tranquillement des derniers rapports.

« Je ne comprends pas pourquoi Nirta se serait amourachée d'un Humain alors que des tas de démons la courtisent. C'est ridicule. Décidément, je ne comprendrai jamais cette succube. Ah ! Au fait, Angélicus est bien revenu avec la gitane. Et d'après ses observations, Tanguy était très troublé. L'action de Skotinos a eu l'effet escompté. Il va peut-être arrêter de nous casser les pieds. J'attends le retour d'Ilios. »

C'est à ce moment de la conversation que Tatiana décide de défoncer la porte à grand coup de pied, prenant ainsi le chef des anges au dépourvu, ainsi que les autres témoins de la scène. En discussion avec Démonus, il ne peut cacher sa connivence avec les force du Mal. Démonus faisant face à un problème similaire au même instant avec Nirta, qui arrive pour lui remettre sa démission. Marine est ravie de la situation. Elle jette un rapide coup d'œil à son téléphone pour s'assurer qu'il enregistre bien la conversation. Elle se tourne vers Tanguy et Tatiana médusés par ce qu'ils découvrent. Tanguy tente de reprendre ses esprits. Puis il voit l'opportunité de forcer les deux Instances à mettre fin à la Loi. Il se précipite sur Huranos. Sous la menace de tout révéler aux médias, il veut forcer les élus à accepter l'abrogation de la Loi du Choix. Huranos lui rit au nez.

« Le système a été mis en place pour protéger Manikhaïos, jamais je n'accepterai de modifier la Loi, ou pire de l'abroger juste pour une bande d'imbéciles ignorants. D'un claquement de doigts, je peux vous envoyer à l'Asilium, pour une durée indéterminée. »

Tanguy recule d'un pas. Tatiana se précipite de peur d'être séparée de lui. Huranos a le regard mauvais. Le sourire carnassier qu'il arbore n'annonce rien de bon. Marine se tient en retrait. Elle sait combien les menaces de son frère doivent être prises aux sérieux, quand il s'agit de l'avenir du système. Mais elle avait envisagé ce genre d'attitudes. Elle s'avance tranquillement vers son grand frère, le regard doux. La présence de sa sœur le calme immédiatement. La savoir ici, dans son bureau, le rassure, comme si elle était déjà un ange.

« - Allons, Grand Frère, calme toi. Et prends le temps d'écouter ce que nous avons à te dire.

- Vous écouter ! Il n'en est pas question. Ou vous vous pliez à la Loi, ou je vous jette à l'Asilium, dit-il d'un ton agressif.

- Et moi avec ? Tu ferais ça à ta propre sœur ?

Bravo ! Bel exemple de clémence et de bienveillance pour un élu céleste, réplique Marine narquoise. Te souviens-tu du jour où tu as reçu le résultat de ton test.

- Je vois pas le rapport avec la situation actuelle. Mais oui évidemment que je m'en rappelle. Ou veux-tu en venir ?

- Moi aussi, je m'en souviens, j'étais derrière la porte de ta chambre. »

Toujours les yeux rivés dans ceux de son frère, Marine sourit d'avantage. A ces mots, l'élu perd de son assurance. Que sait-elle vraiment ?

Tanguy profite de cet instant de trouble, où il n'a rien compris aux propos échangés entre le frère et la sœur. Mais c'est le moment inespéré pour démontrer sa théorie aux deux Instances, car Démonus n'a pas eu la possibilité de couper la communication, pris à parti par une démone particulièrement remontée contre son chef. Du coup lui aussi a entendu la menace de Marine.

Forcés chacun de leur côté, les deux élus capitulent et acceptent d'écouter ce rebelle. Comme on le sait, Tanguy a beaucoup étudié les grimoires et les textes anciens pour comprendre l'origine de la Loi du Choix. Il a finit par découvrir la Légende du Continent Perdu. Il a compris à quel point les Humains étaient dangereux et qu'ils devaient être canalisés. Mais des milliers d'années se sont écoulées depuis cette époque sombre. Alors Tanguy a commencé à analyser les données démographiques et comportementales des Humains actuels. Ils les a comparé aux données concernant tous les autres peuples de Manikhaïos. Il s'avère que depuis une vingtaine d'années, les mentalités ont pris un tournant. Les tests révèlent de plus en plus de personnes qui sont mi-ange mi-démon. L'équilibre présent naturellement chez les Elfes, les Nains ou les Mayis, est en train de se mettre en place chez les Humains. De plus le système éducatif et le métissage des populations semblent accélérer le processus et le stabiliser. Au final, la Loi avait été créée pour que les Humains n'aient plus cette volonté de domination et de destruction. Aujourd'hui, le système est tel, que la Loi n'a plus vraiment de raison d'être. Chaque Humain devrait être libre de choisir de venir un ange, un démon ou de rester ce qu'il est.

Après un exposé aussi bien travaillé et réfléchi, il est difficile pour Démonus et Huranos de contre-attaquer. Ils sont obligés de reconnaître la véracité des faits. Toutefois l'élu céleste se butte, les seuls témoins de· cette scène sont dans son bureau et celui de son acolyte. Il peut très bien enfermer tout le monde à l'Asilium sous silence. C'est à ce moment-là que Marine colle son téléphone sous le nez de son frère. Un mot, un geste, et la conversation est immédiatement diffusée sur les réseaux sociaux. C'est beau la technologie aujourd'hui. Cette fois, les supérieurs des Instances sont échec et mat. Huranos regarde sa sœur, ébahi de voir la femme qu'elle est devenue. En fait, jusqu'à présent il ne voyait en elle que la petite sœur qu'il avait laissé derrière lui, sans voir que le temps a passé. Il finit par se lever de son fauteuil, fait doucement le tour de son bureau pour prendre Marine dans ses bras. Il lui chuchote à l'oreille : « Tu me diras un jour ce que tu as vu ou entendu ce jour-là ? » Répondant à l'étreinte de son frère, elle lui répond, moqueuse, « Un jour... Peut-être... »

CHAPITRE 14

Deux années se sont écoulées depuis les précédents événements. Un gigantesque référendum fût organisé pour savoir si la Loi devait être modifiée ou abrogée. Tous les cantons votèrent à l'unanimité sa suppression. Toutefois, on décida de maintenir le test de personnalité en fin d'étude, afin de pouvoir détecter rapidement les individus potentiellement dangereux. Il est important que la légende ne se reproduise pas, sinon la Grande Déesse pourrait ne pas apprécier ces nouvelles décisions.

Depuis un an maintenant, beaucoup de jeunes Humains prennent la décision de rester eux-même. Toutefois environ un quart de la population choisit encore entre devenir un ange ou un démon. Un nouveau constat a été fait, beaucoup moins de personnes se retrouvent internés à l'Asilium pour des troubles de la personnalité. Est-ce une preuve qu'il ne faut pas rejeter une part de notre être, même si elle est minime en nous ?

Marine profita de ce rapprochement avec son frère, pour permettre aux gens de pouvoir changer de métier au cours de leur vie. Lui expliquant sa propre expérience et celles de ses amis qui aimeraient exercer autre chose que ce qu'ils ont appris pendant leur apprentissage. Elle finit par obtenir gain de cause encore une fois. A croire que Huranos ne fait pas le poids face à sa sœur.

Une nouvelle loi fut votée permettant aux adultes de retourner en apprentissage, s'ils désiraient changer de métier.

Personne ne sut jamais ce qu'il s'était vraiment passé le jour où Démonus et Huranos ont reçu leur résultat, en-dehors de Marine. Tout comme personne ne sut la vrai raison pour laquelle les élus des Instances avaient pris la décision de changer le système. Officiellement, les élus avaient fait faire des statistiques pour comprendre les changements de comportements observés depuis quelques années. Ils en étaient arrivés à la conclusion que la Loi n'avait peut-être plus sa place dans le système. Chacun s'en réjouissait. On marqua le jour de l'abrogation comme un jour férié sur tout le continent, qui fût nommé jour du Renouveau.

Par un bel après-midi ensoleillé, à l'ombre des platanes, un groupe de personnes célèbrent le mariage d'un ange et d'une femme, Ilios et Marine. Ils ont finalement repris leur relation après la négociation musclée avec Huranos. Le grand frère est ravi de voir sa petite sœur chérie au bras d'un ange. Au fond, pour lui c'est une demi-victoire. Démonus partage le sentiment de son ami. L'assemblée regroupe des anges, des démons et des humains de tous âges. C'est jour de fête et chacun profite de l'instant. C'est aussi l'occasion pour nous de découvrir ce que sont devenus chacun de nos protagonistes rassemblés en ces lieux pour cet événement.

Nirta a repris depuis longtemps ses habitudes de chasseuse, et mate tout ce qui passe sous son nez. Elle s'est très vite lassée du gitan. En même temps, il faut de l'endurance pour suivre la cadence infernale d'une succube. Le pauvre Gaétan est un beau parleur, mais un novice dans l'art des plaisirs charnels. Trouvera-t-elle un jour une personne qui en sache autant qu'elle sur ce sujet, voir plus ? Elle a quitté la garde infernale. Pour le moment, elle voyage beaucoup en quête d'un métier qui lui procurera sa dose d'adrénaline.

Zita est bien devenue un ange aux jolies ailes d'un rose pastel. Elle veille sur Gaétan qui ne sait pas remis de sa rupture avec la démone. Son frère a perdu de sa superbe depuis son retour au célibat. Il n'a jamais été transformé en démon. Ses chansons pleines de joie de vivre ont laissé la place à des mélodies mélancoliques. Sa sœur ne danse plus avec lui, elle est maintenant en couple avec Angélicus. Elle essaye tant bien que mal de lui redonner le sourire. Lucia l'aide dans cette lourde tâche, le gitan ne la laisse pas indifférente. Et aujourd'hui, pour la première fois, il semble la remarquer. Il est vrai qu'elle est bien jolie dans sa robe chinoise gris perle brodée d'un dragon.

Attablée à l'ombre d'un arbre, Tatiana affiche quelques rondeurs qui annoncent l'arrivée prochaine d'un nouveau membre dans l'équipe. Tanguy veille sur elle jalousement. Il est aux petits soins avec elle. La grossesse s'est très bien passée. Ils sont dans la dernière ligne droite avant l'accouchement, et sont impatients de pouvoir serrer leur bébé dans leurs bras. L'Elfe a le teint mate, pourtant elle est d'une grande pâleur aujourd'hui. Il se pourrait bien que l'heureux événement arrive avant la fin de ce livre.

A leurs côtés, Enéas et Phoïbos regardent les jeunes couples, en se remémorant leur passé. A leur époque, ils avaient eu beaucoup de mal à faire accepter à leur entourage leurs choix et leur mariage. Aujourd'hui, on voit de plus en plus de jeunes couples métisses. Quel plaisir d'observer cette nouvelle génération, pour eux qui en ont été les précurseurs. La vampire garde un œil sur Tatiana, afin de pouvoir l'aider. Maman de deux enfants, elle a reconnu les signes annonciateurs de l'accouchement.

Un peu plus loin, Démonus et Huranos se disputent autour d'une partie de pétanque. Les insultes fusent des deux côtés. Beaucoup sont choqués d'entendre un ange avoir un tel langage. Marine en rit. Elle se souvient quand elle était toute petite, avant qu'ils ne deviennent un ange et un démon, ils étaient inséparables. Toujours ensemble pour les pires bêtises à faire. Huranos entraînait souvent Démonus dans des aventures parfois périlleuses, le second essayant de tempérer le premier, mais ravi de la situation au final. Pour elle, ils n'ont pas changé. L'ange et le démon se feront toujours face mais en toute complicité.

Des éclats de voix plus forts la tirent de ses pensées. Démonus a traité Huranos de tricheur.

« - Répètes un peu pour voir ?

- Tu n'es qu'un démon infâme !

- Oh c'est sûr ! Le petit ange qui veut pas que ses équipes tuent parce que c'est pas bien !

- Je l'ai toujours dit que les démons n'avaient pas besoin de tuer pour être heureux ! N'en déplaise à Monsieur Huranos, démon suprême de l'Instance Céleste ! »

A ces mots Huranos se jette sur Démonus. Seuls quelques mots parviennent encore à ceux qui les entourent et tentent de les séparer : « ...jurer... garder le silence... ». Skotinos essaie d'attraper son patron. Mais le corps éthéré de Démonus est insaisissable. Angélicus se prend un coup en voulant attraper son chef. Personne ne comprend. Marine n'a aucun mal à saisir de quoi ils parlent. Elle était là, il y a 14 ans quand Huranos et Démonus ont reçu les résultats du test qui déterminent si on est un ange ou un démon. Elle n'avait que 8 ans. Dans leur famille, il n'y avait que des anges, et le résultat disait que son frère était un démon. Alors qu'à l'inverse son meilleur ami était un ange dans une famille de démon. Dans un secret accord, ils ont choisi la voie opposée à leur nature. Ils se pensaient seuls, loin des regards indiscrets. Alors le démon a pris la voie des anges et 10 ans plus tard est devenu l'élu céleste. Quant à l'ange, il suivit la voie opposée avec les mêmes résultats. Finalement Huranos et Démonus ont montré le chemin du changement. Cette voie que Marine a suivi par admiration pour ces deux grands frères, puis par conviction.

Le cri d'un nouveau-né retentit, mettant fin à la dispute de Démonus et Huranos, et sortant

Marine de sa rêverie. L'arrivée a été si rapide que Tatiana a accouché dans l'herbe, aidée par Enéas et Lucia. Tanguy regarde avec amour sa compagne et leur petite fille tout juste née.

La loi du Choix n'a plus lieu d'être. Il n'y aura plus d'obligation de devenir un ange ou un démon. Qu'importe les résultats du test de personnalité, libre à chacun de suivre la voie qui lui plaît le plus. Libre de suivre son idéal, car un ange peut très bien suivre la voie infernale, et un démon la voie céleste. Un monde nouveau s'ouvre. Mais à jamais les Instances veilleront sur ce monde, pour qu'en aucun cas les Humains ne reprennent leurs travers et détruisent Manikhaïos. Car telle est la volonté de Tsukiterasu, la Grande Déesse Protectrice de la planète.